人質の朗読会

小川洋子

中央公論新社

目次

人質の朗読会

＊

そのニュースは地球の裏側にある、一度聞いただけではとても発音できそうにない込み入った名前の村からもたらされた。

現地時間午後四時半頃、W旅行社が企画したツアーの参加者七人、及び添乗員と現地人運転手、計九人の乗ったマイクロバスが遺跡観光を終えて首都へ向かう帰路、反政府ゲリラの襲撃を受け、運転手を除く八人がバスごと拉致された。犯人グループからの声明文によると彼らの要求は、逮捕、拘束されている仲間のメンバー全員の釈放と身代金の支払いであるが、今のところ直接のコンタクトは取れていない模様。人質たちの行方も分かっていない……。

というのが第一報だった。

ただ、拉致現場は二〇〇〇メートル級の山々が連なる山岳地帯で道路が十分整備されておらず、点在する小さな村々には電気も通っていない状況のため、入ってくる情報は乏しいものだった。実際、事件が明らかになったのも、ただ一人現場に残された運転手が、犯人グループから手渡された声明文を持ち、一番近い村まで徒歩で助けを求めたのちであり、その時点で既に発生から三時間以上が経過していた。運転手は襲撃を受けた際、頬骨と左肩を折る重傷を負っており、民家の戸口に倒れ込んだまま意識を失ったが、幸いにも命に別状はなかった。

その後、人質になった旅行者たちの身元が判明したり、大使館員が現場へ駆けつけたり、政府の関係者が記者会見を開いたりといった動きはあったものの、事態が大きく動く気配は見られなかった。ようやく流れた拉致現場のニュース映像も、半分枯れかけた痩せた木々の中を、ただ赤茶けた道が続いてゆくばかりで、多少の手掛かりと言えば、路面に残るマイクロバスのタイヤ痕くらいなものだった。

やがてニュースの扱いは少しずつ小さくなっていった。家族たちの混乱と心配、運転手への病床でのインタビュー、ゲリラ組織の実態、そういう事柄が一通り報道され、事件発生直後の驚きが薄れてゆくにつれ、世間の人々は自分が行ったこともない聞いたこともない遠いどこかの山中に閉じ込められているらしい八人について、思いやる気持を知らず知らず失っていった。

ただし、人質の生命を第一に考え、尚かつ事件を犯人グループのアピールの手段とさせない見地から、ゲリラと政府の交渉はあくまでも水面下で進められ、マスコミに流れる情報は厳しく制限されていた。その点を考慮すれば、世間の無関心にもやむを得ない一面があったかもしれない。

二週間経ち、一か月が過ぎ、二か月を迎えても、事件は膠着状態のままだった。仲介役には宗教指導者が当たっているらしい、人質に病人が発生し赤十字の関係者が治療に呼ばれた、いよいよ身代金の金塊が用意された、などという噂が流れたがどこにも確証はなかった。

事態が急展開したのは、発生から百日以上が過ぎ、多くの人々がそのような人質事件が起きていることさえ忘れかけた頃だった。夜明け前、名残りの星たちが峰の連なりに沿ってまだ瞬いている時分、軍と警察の特殊部隊が元猟師小屋のアジトに強行突入。西側の壁を爆破したのち、ゲリラ側との銃撃戦となった。結果、犯人グループの五名は全員射殺、特殊部隊の隊員二名が殉職、十一名が負傷。人質は犯人の仕掛けたダイナマイトの爆発により八人全員が死亡した。

この結末は世間に大きなショックを与えた。裏取引が上手くいって人質たちは無事に帰ってくるだろう、とどこかで人々は根拠のない楽観的な見通しを信じていた。それが情け容赦なく打ち砕かれたのだ。突入作戦に手抜かりがあったのではないかという糾弾も、反政府ゲリラに対する憎悪も、人質全員死亡の事実の前では無力だった。

爆破され、銃弾を撃ち込まれ、ほとんど原形を留めていない元猟師小屋の写真を目にした時、人々はまるでそれが旅人たちの遺体そのものであるかのような錯覚に陥った。八人が爆死した地面は黒ずみ、血を吸い込んでじっとりと濡れていた。ぴったり体を寄せていた八人の遺体は、吹き飛ばされても尚ばらばらになることなく、一つに寄り添い合っていたらしい。

元猟師小屋には遺品と呼べるものはほとんど残されていなかったが、ただ一つ、遺族が床板に刻まれた文章の一部を発見した。焼け焦げ、小さな破片となった板に残る文字は途切れ途切れで今にも消え入りそうであったものの、人質の一人の筆跡に間違いないことが判明した。ほどなく戸棚の横板、引き出しの底、窓枠、テーブルの脚などさまざまな切れ端から八人分の文字が見つかった。筆記用具として裁縫セットの針やヘアピンが使われたようだった。ただ、どの文章もわずかな断片でしかなく、それらがどんな内容で何のために記されたのかはよく分からなかった。

木片は地中深くから掘り出された遺物のように思慮深かった。ひっそりとうつむきながら、底知れない沈黙を抱えていた。遺族たちは現地で荼毘《だび》にふした遺骨と同じくらい大事に、その木片を胸に抱いて帰国した。

二年の歳月が流れ、人質事件は思わぬ形に姿を変え、再び人々の元へ戻ってくることとなる。犯人グループの動きを探るため、元猟師小屋で録音された盗聴テープが、公開されたのである。

盗聴器は国際赤十字が差し入れた救急箱、浄水器、辞書の中に秘かに仕掛けられていた。公開されたのは特殊部隊の作戦には関係ない、ただ人質たちの声だけが入っている部分に限られていたが、それでも異例なことであるのは間違いなかった。

元々テープは、故人の最後の姿をしのぶせめてものよすがにと、特殊部隊の一人が個人の判断で遺族に渡したものだった。その一人とは、盗聴の現場でまさにヘッドフォンを耳に当てていた人物とされている。もちろん彼には、人質たちの語る言葉は何一つ理解できなかったのであるが。

事件後、帰国した遺族たちを取材していたとあるラジオ局の記者が、たまたまテープを耳にした。記者はすぐさまその内容の意味深さを感じ取り、遺族との会話を重ねて信頼関係を築いたうえで、八家族全員からテープ公開の許可を得るに至った。

当然中には、見世物にはしたくない、もうそっとしておいてほしいと願う遺族もいた。しかし結局は、テープの存在を明らかにすることで、自分の愛する者が間違いなく存在した事実をこの世界に刻み付けられるならば、と納得したのだった。

テープには八人が自ら書いた話を朗読する声が残っている。紙の不足のため、それらは床板や窓枠にも書かれたと思われる。どういういきさつでそういうことが行われるようになったのか、彼らの会話から推測するしかないのだが、少なくとも遺言を残すという深刻な心境でなかったのは確かである。長い人質生活の中で犯人グループとの間にコミュニケーションも生まれ、徐々に命の危険を感じる恐怖は薄れていったらしい。朗読の合間、彼らは実によく笑っている。涙ぐむ場面があったとしても、それは絶望からではなく、生きている実感からにじみ出てくる涙であったことが、テープからはうかがえる。

とにかく最初はトランプやしりとりと同じく、退屈な時間を紛らわすための手段であった。何でもいいから一つ思い出を書いて、朗読し合おう。ただ思いつくままに喋るのではなく、きちんと書き言葉にした方が正確に伝わる。書くための集中した時間を持つこともできる。お互いに出来栄えを競い合おうというわけではない。今自分たちに必要なのはじっと考えることと、耳を澄ませることだ。しかも考えるのは、いつになったら解放されるのかという未来じゃない。自分の中にしまわれている過去、未来がどうあろうと決して損なわれない過去だ。それをそっと取り出し、掌で温め、言葉の舟にのせる。その舟が立てる水音に耳を澄ませる。なじみ深い場所からあまりにも遠く隔てられた、冷たい石造りの、ろうそくの灯りしかない廃屋に、自分たちの声を響かせる。そういう自分たちを、犯人でさえも邪魔はできないはずだ。

このようにして人質の朗読会は開かれた。観客は人質の他、見張り役の犯人と、作戦本部でヘッドフォンを耳に当てる男だった。

『人質の朗読会』と題されたラジオ番組は、日曜日から次の日曜日まで、毎晩夜十時、八回にわたって放送された。録音状態は良好とは言い難く、聞き取りにくい箇所、咳払いやくしゃみでの中断、読み間違いなど数多くあったが、修正は一切なされなかった。朗読の背後には、時折相槌を打つように、コノハズクの鳴き声が聞こえていた。

第一夜

杖

子供の頃、鉄工所の向かいに住んでいた。家族と二、三人の従業員だけで経営している小さな町工場だった。同じ通りにはカメラ屋、理髪店、耳鼻咽喉科医院、仕立て屋、古銭専門店が並んでいた。そのどれもがかっちりとした入口を持ち、由緒正しい看板を掲げ、いかにも整理整頓の行き届いた静けさを漂わせているのに比べ、鉄工所の雰囲気だけは明らかに別格だった。

作業場の引き戸は常に開けっ放しで、仕事道具の一部は道路にはみ出し、休みなくあたりに騒音をまき散らしていた。鉄板、鉄柱、鉄線、鉄敷、鉄槌《かなづち》、万力、鉤……。考えつく限りの硬くて重そうなものを、手当たり次第収集してきたとしか思えない作業場は、すべてが赤茶けた鉄粉で覆われ、朝でも昼でも夕方のように見えた。

地べたに座り、白墨で道に落書きしながら鉄工所を見物するのが、私は好きだった。大人たちの邪魔にならず、視界にも入らず、しかしできるだけ近くで隅々が見通せるポイントを、私は早くからつかんでいた。子供心に、女の子が鉄工所に興味を示すのは適切ではない気がし、あくまでも自分はお絵かきを楽しんでいるのだと装うことも忘れなかった。

私には到底、そこが何かを作り出す場所であるとは思えなかった。空気を震わせるハンマーの響きといい、切断される鉄の断末魔の叫びといい、鉄工所はまさに破壊の場所だった。きちんとお行儀よく一つに収まっている世界が、今この鉄工所から破壊されようとしている。世界の崩壊が目の前のここから始まっている。しかし鉄工所の人々は自分に課せられた使命の本当の意味を知らず、ただ硬いものと格闘しているにすぎない。真実に気づいているのは私だけだ。もう後戻りは許されない。小さな虫歯が少しずつ広がって、やがて口中の骨を侵すように、この世はガラガラと崩れ落ちてゆくのだ。そう、感じていた。

私は少しも怖くなかった。むしろ逆にわくわくするほどだった。秘密に気づいているのが自分一人だという事実が、更に気分を盛り上げた。

特に私が心を奪われたのは、バーナーの先から噴き出す火花だった。それは自分が知っているどんな火、例えばストーブやアルコールランプやガスレンジよりも威力があり、また美しかった。濃い赤色が極まって、所々青っぽく光る火花が鉄の塊に向かい噴射される瞬間、一段と確かな世界崩壊の予感が私の心を満たした。
そしてバーナーの火花と共に忘れてならないのが、工員さんが顔に当てるお面だった。もちろん鉄でできた、顔の丸みに合わせて瓦のようにカーブした、目のところだけ特殊な透明素材で保護されているお面。重大任務に就く工員さんに相応しい、秘密めいた気配を持つお面。火花が噴き出す瞬間、工員さんは素早くそれをセットする。タイミングに一度としてズレはない。火花の先で、頑丈なはずの鉄が沈む間際の太陽のように赤く燃えながら、これ以上の屈辱には耐え切れないといった様子でジリジリと溶けてゆく。お面工員に容赦はない。汗だくになりながら、彼らは黙々と作業に没頭する。お面は彼らの顔を隠しているようで、実は逆に正体をあらわにしている。それが私には分かる。どんなに熱を浴びようと、鉄粉にまみれようと、無表情でびくともしない夕焼け色の顔。それこそが彼らの本性だ。

十一歳になったばかりの夏休みだった。プールから帰る途中の昼下がり、公園のブランコにぼんやりと座る一人の男を見かけた。向かいの工員さんだとすぐに分かったのは、彼が作業服を着ていたからではなく、髪の毛が鉄粉をかぶって鉄工所のシンボルである色に染まって見えたからだった。

もっとも彼は秘密任務隊員の中の一番下っ端で、お面もまだ使わせてもらえず、先輩たちに怒られるのが仕事という程度の働きしかしていなかった。そのうえとても太っていて、力持ちではありそうだったが動きは鈍く、素人の私から見てもまだまだ修行が足りないように思われた。

「どうかしたの？」

公園を横切る時、なぜ私が彼に話しかけたのか、その理由はいまだに分からない。鉄工所好きが高じた結果なのか、彼があまりにも元気をなくしていたからか、単なる好奇心なのか。いずれにしても気づいた時にはもう自分の口から言葉が発せられていた。公園には他に人影はなく、周囲の家々は強い日差しに包まれて静まり返り、朝方あれほどうるさく鳴いていた蟬たちも木陰でじっと羽を休めていた。

「ブランコから落ちたんだ」

と、工員さんは答えた。

その答え方には、突然話し掛けてきた子供に対する驚きや戸惑い、警戒心のようなものは微塵もなかった。まるでよく知っている親戚の小学生を相手にするかのごとき対応だった。

そのことがかえって私を慌てさせた。こちらはこっそり鉄工所を偵察しているつもりだったのに、こんな新入りにまで顔を見破られているのが心外だった。

「その拍子に足をちょっと……」

彼は上体を折り曲げ、左の脛《すね》から足首を、いかにも恐る恐るといった感じで撫でた。私は一歩ブランコに近づき、しかし適切な距離は保ったまま足元を見やった。脱いだ運動靴と丸まった靴下の上に、一定の角度を保って踵《かかと》の一点で固定された左足首は、元々太りすぎているとはいえ、確かにぼってりと腫《は》れ上がっていた。赤くなって熱も持っているようだった。

「でもどうしてブランコなんかに……。だって、もう大人でしょう？」

そう私が言うと、彼は唇を尖らせ、足首にフーフー息を吹きかけながら答えた。

「大人だからバランスを崩したんだよ。子供のままのつもりで立ち漕ぎしていたら、ズルッと足が外れて、変な具合にひねっちゃったらしい」

それでは大人がブランコで遊ぶ理由になっていないと思ったが、そこまで追及はしなかった。それより足をどうにかしなければならないのは明らかだった。

私はもう二歩前進し、もっとよく足を観察した。薄汚れた足だった。爪には垢がたまり、五本の指には全部毛が生え、甲に浮き出た血管は気味の悪い模様を描き出していた。変な臭いも立ち上ってきそうだった。

「骨が折れているかも」

私がつぶやくと、彼は「えっ」と声を上げてこちらに顔を向けた。

「アキレス腱が切れてる可能性も……」

「ええっ」

今度は嘆きとも悲鳴とも取れる声を漏らし、本気で怖気づいた。

そばに寄ると彼は尚太って見えた。顎は首の肉に埋まり、作業服の前ボタンはピチピチに引っ張られ、ブランコからはでっぷりとしたお尻がはみ出していた。仕事でできたのか、あるいは足を怪我した時にできたのか、浅黒い顔はあちこち傷だらけだった。思いの外目元には、大きな体に似合わない子供っぽさが残っていた。

「歩ける?」

力なく彼は首を横に振った。

「さっきから何回か試してみたけど、痛くて全然踏ん張れない。立ち上がるのさえ難しいかも」

「鉄工所の人を呼んでくるわ」

「今日は社員旅行で、皆留守なんだ」

「どうしてあなたは行かなかったの？」

「電話番だよ。ジャンケンで負けたんだ」

工員さんは長い息を吐き出し、照りつける日差しを浴びて更に熱く火照っている足首に視線を落とした。

何と運の悪い人だろう、と私は思った。この人は一体いつまでこうしてブランコに座っているつもりなのか。太陽光線にさらせば、折れた骨や切れた腱が自然につながるとでも信じているのだろうか。私は鉄工所での、彼のもたもたした仕事ぶりを思い出していた。

「じゃあ、病院へ行くべきよ。隣町に整形外科病院があるわ」

私は言った。

「骨折にしてもアキレス腱にしても、病院で診てもらわなくちゃ、どうにもならないもの」

骨やアキレス、という言葉を聞いただけで痛みが増すとでもいうように、彼はあるかないかの首をすくめ、頬の肉に押し潰された細い目をしょぼしょぼさせた。

「いや、駄目だ。とても歩けやしない」

「一歩も？」

「ああ、一歩も」

初めて彼がきっぱりとした口調で言った。

「分かった」

私も覚悟を決めた。

「杖になるようなものを持ってきてあげる。だからもう少し待ってて」

なぜこういう事態に陥ってしまったのか、自分でもさっぱり説明がつかないまま、私は水着の入ったビニール手提げをそのあたりに放り投げ、とりあえず家まで走った。確かに鉄工所は珍しくシャッターが下りていた。途中、誰か知っている大人に会ったら助けを求めようと思ったが、不思議なことに誰ともすれ違わなかった。夕飯の買い物にでも出たのか、母親も留守だった。あたりはただ夏の光があふれるばかりだった。

杖、杖、杖。ある程度長さがあって、太すぎもせず細すぎもしない、しっかりとした棒。私は玄関に立ち、懸命に頭を巡らせたが、案外そういった形状のものが見当たらないことに焦りを感じた。落ち着いて考えれば、一刻を争う状況でもなかったのだが、その時はただ急がなければならないという思いだけに囚われていた。

そうだ、傘だ。一旦ひらめいてしまえば、拍子抜けするほど答えは簡単だった。私は下駄箱から、一番長くて頑丈そうな父親の黒い傘を選び、走って公園に戻った。工員さんはさっきまでと何一つ変わらない姿勢で待っていた。

「さあ、これにつかまって」

私は彼に傘を差し出し、脇の下あたりに手を差し入れて立ち上がるのに少しでも力を貸そうとした。

「ごめんよ」

工員さんは言った。脇の下は柔らかく、指がどこまでも深く沈んでゆきそうだった。彼の大きさに比べれば私の力など何の役にも立っていなかった。右手でブランコの鎖を握り、左手で傘をつかみ、よろよろと彼は立ち上がった。ブランコが揺れ、金具が軋《きし》み、彼の髪の毛から舞い落ちた鉄粉が私の上に降ってきた。

左足を浮かしたまま傘で第一歩を踏み出した瞬間だった。音もなく傘が真ん中から折れ曲がり、バランスを崩した彼は、まだ揺れも収まっていないブランコに再び座り込むはめとなった。

「あっ」

私たちは同時に声を上げ、傘のあまりに見事な曲がりっぷりに噴き出した。一瞬にしてそれは、傘とは似ても似つかない代物になり果て、彼の手の中で、ばつが悪そうにうな垂れていた。

しかしいつまでも笑っている場合ではなかった。相変わらず足首の自由はきかず、ブランコの周辺にはわずかの陰もなく、作業服は汗のせいで変色していた。

「そうだ。わざわざ傘なんか持ってこなくても、その辺に転がっている木の枝でいいのよ」

「そんなに都合よく、手頃な枝が見つかるとは思えないけど……」

確かに公園を取り囲むユーカリやハナミズキやクヌギの木々を見渡しても、落ちているのは小枝ばかりだった。

「じゃあ、切り落とせばいいんだわ」

「どうやって?」

「もちろんノコギリでよ。決まってるじゃない」

そう言い終わるや否や、工員さんの反応を確かめる間もなく私はまた走り出し、家へ戻ると今度は物置からノコギリを引っ張り出した。それからふと思い立ち、水筒に冷蔵庫の麦茶を入れ、食卓に置いてあったおやつの茹でトウモロコシを二本持った。

「ずいぶん荷物が増えたんだなあ」

水筒を斜め掛けし、右手にノコギリ、左手にトウモロコシを握った私を見て工員さんは、それらが全部自分のための品であることを忘れたかのような暢気《のんき》な口調で言った。お構いなく私は食料と水を彼に手渡し、さて、どの枝にするか、と周囲を見回した。

ジャングルジムの脇に生えているクヌギの木がよさそうに見えた。幹はどっしりとし、葉の緑は鮮やかで元気がよく、そのうえジャングルジムのてっぺんに丁度いい具合に枝が張り出していた。私はノコギリを手に、ジャングルジムを登った。地面から離れると日光がいっそうきつく頭のつむじに突き刺さってきた。髪の毛は首筋に張り付き、流れる汗が目に入って視界がぼやけ、運動靴の中は砂だらけでザラザラしていた。

ジャングルジムから見下ろしてもやはり工員さんは、明らかにブランコとは不釣合いに太っていた。何かの手違いで置き去りにされた大きすぎる忘れ物のようだった。彼は水筒を首からぶら下げ、両腕を鎖に巻き付け、足首の角度が動かないよう注意を払いつつトウモロコシを齧《かじ》っていた。ブツ、ブツ、ブツと粒の潰れる音が聞こえてきそうだった。作業服は日差しに包まれ、まるで鉄粉が光を放っているのかと錯覚するほどの明るさの中にあった。

あれは私のおやつになるはずのトウモロコシだ。けれど今は、そんな小さな問題などどうでもいい。杖だ。杖がいるのだ。私が杖を調達できない限り、彼はあそこを一歩も動くことができない。左右の鎖の長さが微妙に違って心持ち傾いている、油の切れた、錆だらけのブランコに座り、ただ余った脂肪を空しくだぶだぶさせるだけで、どこへもたどり着けない。そんな彼を、秘密任務隊員の彼を助けられるのは、私だけなのだ。

いよいよ私はジャングルジムの格子に足を踏ん張り、クヌギの枝に手を伸ばした。傘でさえ曲がるほどの彼の巨体を支えるためには、先端の細い枝ではお話にならず、やはり精一杯身を乗り出して幹の付け根あたりから切り落とす必要があると思われた。私は真っ直ぐ水平に伸びた、一本の枝に狙いを定め、バンザイの格好でそれをとらえた。葉がざわめき、幹にとまっていた蟬が数匹、慌しく飛び立っていった。慎重に、物々しく、まるで何かの儀式のように、私はノコギリを引いた。その間工員さんは、水筒の麦茶を飲み、二本めのトウモロコシに取り掛かろうとしていた。

私が伐採したクヌギの枝は傘のようにやわではなかった。杖として立派に役目を果した。

「さあ」

私がクヌギを握らせると、彼はトウモロコシの汁で汚れた口元を袖口で拭い、意を決して再チャレンジに臨んだ。まず右足を踏ん張り、左足を引きずったあと、少しずつ加減しながら杖に体重を移動させていった。脇腹のあたりにくっつき、脂肪の塊に両手をあてがいながら私は、声にならない声でつぶやいていた。

「大丈夫。もう杖は折れない。腹ごしらえはした。水分も補給した。あとはあなたが一歩一歩前へ進むだけ。さあ、しっかりするのよ。いくら見習いとはいえ、あなたは秘密の任務を背負った隊員なんだから」

よろよろとではあったが、工員さんは前進した。私たちの後ろで、杖が地面にたどたどしい線を描いていた。

「病院まで歩けそう？」

「うん。どうにか行けそうな気がする」

「ついて行ってあげようか？」

「ううん。いいよ。もう帰った方がいい。家の人が心配してるといけないから」

立ち上がった途端、急に成長したかのような大人びた口調で彼は言った。私は素直にうなずいた。

「じゃあ、気をつけてね」

「ありがとう。バイバイ」

彼は手を振った。作業服のポケットから、トウモロコシの芯が二本のぞいていた。いつの間にかあたりは夕焼けに染まり、工員さんの背中もその赤茶けた光の中に吸い込まれていった。

ブランコのそばには、ビニール手提げとノコギリと曲がった傘が放り投げられたままになっていた。手提げの中で水着はもうすっかり乾いていた。

同じ年の暮れ、父親の転勤で遠い南の町に引っ越した。夏休みの杖事件から引越しまでしばらく間があったにもかかわらず、工員さんの怪我がその後どうなったのか、そもそも骨とアキレス腱、どちらがやられていたのか、社員旅行から皆無事に帰ってきたのか、何も記憶に残っていない。鉄工所の思い出はあの夏の夕方、足を引きずる工員さんの後ろ姿と共に遠くへ去って行った。

それが不意によみがえったのは、十年以上の月日が流れたあとのことだった。二十三歳の私は大学を卒業し、設計事務所に勤めながら、夜はインテリア関係の資格を取るために専門学校で勉強していた。

　ある日、会社の車を運転して打ち合わせへ向かう途中、高速道路で事故に巻き込まれた。居眠り運転のトラックに正面衝突されたのだ。私は肺を損傷し、左足に重傷を負って意識を失った。

　八日間も意識不明だったと後から知って、私は驚いた。その間、あらゆる感覚は鮮明で、自分では少しも眠っているつもりなどなかったからだ。どんなそよ風でも肌はすぐにそれを感じ取り、耳は微かな音を聞き分け、目は色鮮やかな風景の隅々をとらえていた。言葉さえ思うがままに口にすることができた。

「あら、もう足は大丈夫なの？」

　だから彼を見つけた時も、すぐに声を掛けられた。

「うん、おかげさまで」

　相変わらず彼は太っていて、猫背で、恥ずかしそうな表情を浮かべていた。意外にも手には杖ではなく、バーナーとお面を持っていた。ただし作業服のポケットにはトウモロコシの芯が二本入ったままだった。

「いつからお面を使えるようになったの？」

「つい最近さ」

「あなた専用のお面？」

「まあね」

「出世したのね」

「いや、まだまだだよ」

彼は照れてお面の持ち手を何度も握り直した。

「今日は君の足を治しに来たんだ」

うつむいたまま彼は言った。

「どうやって？」

私は尋ねた。

「もちろんこれでさ。決まっているじゃないか」

彼はお面とバーナーを持ち上げて答えた。

「えっ。それじゃあ治せないわ。だって世界を壊す道具だもの」

「逆だよ。世界を創造するための道具だよ。知らなかったのかい？」

工員さんは微笑むと、バーナーを握る手に力を込め、その微笑をお面の下に隠した。一連の仕草は洗練され、淀みがなく、修行の成果をうかがわせた。お面は実にしっくりと彼の大きすぎる顔に馴染んでいた。

　ほどなくバーナーから火花が発射された。ひんやりとしたガラスのように美しく、生き物のように絶えず鼓動し、高らかに精気あふれる歌を響かせる火花。それが工員さんの手元から私の左足に向かって降り注いでいた。

「私、すっかり間違えてた」

　声はバーナーの音にかき消され、どこにも届かなかった。

「工員さんの任務のこと……。まるで正反対だった。ごめんなさい……。でもそれが世界に関わる一大事であるのは間違いないわね。家の向かいの鉄工所で、大事な秘密の任務が執り行われていたことだけは……」

　意識が戻った時私は、自分の左足が切断寸前であったと教えられた。車体に挟まれ押し潰された足が再び息を吹き返すとは、ほとんど誰も信じていなかった。目が覚めた時しかし左足は、ちゃんとそこにつながっていた。私はすぐにベッドの周囲を見回し、工員さんを捜したが、彼の姿はもう夕焼けの向こうに消えたあとだった。

（インテリアコーディネーター・五十三歳・女性／勤続三十年の長期休暇を利用して参加）

第二夜　やまびこビスケット

高校の食物科を卒業した私は、やまびこビスケットに入社し、母の元を離れてアパートで一人暮らしをはじめた。臨月で父と離婚し、赤十字病院の賄い婦として女手一つで私を育ててきた母は、ひどく心配し、寂しがった。町には頼れる親戚や友人は誰もいなかった。一人駅に降り立った時、私の持ち物はほんの小さなボストンバッグ一個だけだった。

やまびこビスケットは地元のスーパーや駄菓子屋に製品を卸す他、工場に併設した直売店で細々と商売をしているだけの、ぱっとしない会社だった。高校の就職部にはホテルのレストランや大手の洋菓子メーカーや百貨店の大食堂など、もっと待遇のいい求人があったのだが、口下手で陰気くさい私は面接で次々と落とされ、結局、やまびこビスケットにしか引っ掛からなかった。自ら面接に現れた社長さんは私以上におどおどとし、白衣の袖口にこびりついた小麦粉の塊を始終爪でぽりぽりといじっていた。ああ、たぶん私は、この人に選ばれることになるだろうと、床に落ちてゆく小麦粉を眺めながら思っていたら、本当にその通りになった。

名前そのままに、やまびこビスケットはビスケットしか作っていない。クッキー、サブレ、マドレーヌ、バウムクーヘン、カップケーキ、その他あらゆるお菓子とは無縁。チョコレート味もなければセサミ味もなく、プレーンのビスケットただ一筋。当然ながら生地はたったの一種類で、材料の配合は先々代の創業時代から変わっていない。

けれどその代わりビスケットの形だけにはこだわりがあり、種類は実に六十を超え、創業時から一度として減ることなく増え続けていた。定番の動物シリーズ、乗り物シリーズ、天体シリーズの他、キノコ、昆虫（男子の一番人気）、野菜、お花（女子の一番人気）。あるいは地図、家電製品、立体図形（算数の勉強に使える）、楽器、スポーツ用品、顔のパーツ（福笑いができる）等など、数え上げればきりがない。更に各シリーズは細分化され、例えば動物なら哺乳類、爬虫類、両生類、原生動物、腔腸動物、類人猿、空想生物と広がってゆき、顔のパーツはやがて内臓系（脳、肺、S字結腸、卵巣……）、骨格系（肩甲骨、腓骨《ひこつ》、肋骨、椎間板……）へと進化した。

やまびこビスケットで重要なのは、味の研究ではなく型の開発だった。工場の倉庫ではアルミ製の抜き型が最も広い場所を占めていた。そのほとんどが特注品だった。一個一個きれいに磨き上げられ、倉庫の棚にびっしりと並べられた抜き型たちは、製品のビスケットよりもずっと誇らしく堂々として見えた。

焼き上がったビスケットはシリーズごとに、大中小三種類の袋に詰められた。パッケージのシンボルマークは、山に向かってヤッホーと叫んでいる小さな女の子のイラストだった。あまりにも一生懸命背伸びをしているせいで、ふくらはぎは引きつり、麦わら帽子は今にも飛んでいきそうに見えた。そのパンパンのふくらはぎに被さるようにして、『やまびこビスケット』の赤い文字が印刷されていた。

しかし、どんなにたくさんの形を編み出そうと、味はすべて同じなのだった。消防車もS字結腸も、口に入れてしまえば全部同じ、やまびこビスケットだった。

アパートは工場から歩いて十五分ほどの、込み入った路地の突き当たりにあった。大家さんの家と同じ敷地に建つ、狭苦しい木造アパートだった。一階と二階に四つずつ部屋が並び、廊下の奥に共同の流し場とコイン一個で五分間火のつくコンロがあった。廊下の壁には『整理整頓』と書かれた半紙がべたべた張られていた。すぐそばを一級河川が流れ、長い土手と桜の並木が続き、夜になると橋脚にぶつかる水の音が微《かす》かに聞こえてきた。あたりは戦争の時焼け残った一角で、家々は皆古めかしく、また急な土手の陰に隠れて日当たりが悪かった。

しかしそのアパートの家賃が信じられないくらいに安いのは、日当たりのせいではないことがほどなく明らかになった。大家さんが町内中から疎まれている嫌われ者だったからだ。

「つべこべ言わずに、早くお出し」

初めての家賃を払いに行った時、大家さんの口からまず出てきた台詞がこれだった。

「えっ、いいえ、あの、私は、二〇四号室の……」

「余計なこと喋ってる暇があるなら、さっさとよこしなって言ってるの」

こんな鈍い子、相手にしていられないという表情で、大家さんは私の眼前に右手をぐいと差し出した。皺《しわ》だらけで関節は変形し、大きさは私の半分ほどしかない掌だったが、差し出す勢いにはこちらをたじろがせるに十分な凄味があった。

何も私はぐずぐずしていたわけではなく、ただ礼儀にのっとって挨拶をしようとしていただけなのだが、この人はひたすら家賃を早く手に入れたいのだと察し、慌ててカバンのファスナーを開けた。すると大家さんは、私がお金の入った茶封筒を取り出すか取り出さないかのうちに、ほとんどファスナーの中へ手を突っ込むようにしてその封筒を掴み取ってしまった。とても腰の曲がったお婆さんとは思えない俊敏さだった。彼女はぺちゃぺちゃ音がするほど人差し指をなめながら、お札を一枚一枚数え、それを三回繰り返し、まだ油断はならぬというように電球に透かして本物かどうか点検した。

ところが領収書にハンコを押す段になると途端に動作が緩慢になり、朱肉の蓋を開けるのもハンコの上下を確認するのもほとんどスローモーションだった。その様子はまるで、どうにかこの小娘をだまして領収書を渡さずにおき、今月分の家賃を二重取りする方法はないものか、と思案しているように見えた。一刻も早く大家さんの前から逃げ出したいと焦った私は、庭の飛び石につまずいて転び、膝をすりむいた。

二週間の研修を終えたあと、私はアルファベットシリーズのラインに配置された。爬虫類や骨格のラインに回されず、正直ほっとした。アルファベットは創業時から続く最も古いシリーズの一つで、安定した人気を保っていた。

私の仕事はベルトコンベヤーを流れてくるビスケットから、不良品のアルファベットを取り除くというものだった。欠けている、割れている、いびつな形をしている、焦げすぎている、あるいは逆に生焼けである……と不良の原因はさまざまだが、とにかくそれらを速やかに発見し、ベルトコンベヤーの流れからつまみ出して専用の籠に入れてゆく。

大文字と小文字、各二十六文字。それにピリオド（.）、コンマ（,）、クエスチョンマーク（?）、エクスクラメーションマーク（!）の記号四つを加えた五十六種類がアルファベットシリーズの全仲間たちだ。Aが流れてきはじめると、しばらくAだけが続く。焼き上がったばかりのAたちがいくつもいくつも、コトコト踊るように私の前へとやって来る。私は身を乗り出し、目を凝らし、はぐれ者のAを探す。あるタイミングでブザーが鳴り、ベルトコンベヤーが一時休止するのは型が取り替えられる合図で、次にどんな文字が流れてくるかは作動しはじめてみないと分からない。多種の形を製造している関係上、どの種類をどのタイミングでどれくらい焼くかを決めるのが、やまびこビスケットにおける最も難しい業務であるのは間違いなく、それは社長の仕事と決められていた。

アルファベットの場合どうしても欠損しやすい形とそうでない形の間に差が生じる。丈夫なのはDとO、脆弱なのはQとgだった。Dが流れてくると、新人の私でも多少気持に余裕が持てたが、gの場合そうはいかなかった。息を止め、瞬きさえせず、すべてのgに視線を送りつつ、変だと思った瞬間に手が出せるよう指先にも神経を尖らせる。目と指、この二つを一つの部位のように操れなければ、一人前とは認めてもらえなかった。

午前八時から午後四時まで、私はベルトコンベヤーの脇に立ち続け、ただひたすらアルファベットを見つめ続けた。自分の能力のすべてをアルファベットシリーズのために注ぎ込んだ。仕事が終わって土手を歩いて帰る時、橋や電信柱や桜の並木がコンベヤーと同じ速度で右手側から左へと流れてゆき、視線を足元に落とすと、小石や犬の糞や吐き捨てられたガムがアルファベットの形に見えた。

袋詰め工程で不良品が混じっていると、作業長から注意を受け、その警告数はラインごとの棒グラフになって壁に張り出されていた。しかし私が懸命に働いたのは、怒られるのが嫌だったからではない。正しいアルファベットたちが何ものにも乱されない確かさで行進してゆく姿を眺めていると、気分が爽快になるからだった。その行進は健気で愛らしかった。

大家さんは一日中、母屋の出窓に腰掛け、アパートの住人たちに目を光らせていた。編み物をしたり、煙草を吸ったり、庭のスズメに餌をやったりしながらも、アパートで起こるどんなささいな変化でさえ見逃さなかった。噂では体の弱い弟を看病しているうちに婚期を逃し、その弟が死んでからはずっと一人暮らしを続けているということだった。弟が死んだ時、役所からの手当が打ち切られるのを阻止するため、しばらく遺体を押入れに隠していたらしいと真顔で言う人もいた。

彼女が最もこだわったのは整理整頓。アパートの玄関に靴を脱ぎっぱなしにしていたり、コンロの脇に化学調味料の瓶を置き忘れたりしているだけで、大家さんはすぐさま犯人を見つけ出し、糾弾した。どこかに監視カメラでも仕掛けられているのではないかと疑いたくなるほどだった。アパートの住人全員が被害者で、もちろん私も例外ではなかった。

「これ、何て書いてある？」

大家さんは廊下の半紙を指差して言った。

「はい、整理整頓です」

「もっと大きな声で」

「整理整頓」

「腹の底から声出して」

「整　理　整　頓」

「いいかい？　これは我がアパート一番の掟、根本をなす綱紀、すべてに優先されるべき人生の義務なんだ」

私はただひたすら頭を下げて謝るしかなかった。市立図書館から借りてきた本を、つい靴箱の上に置き忘れただけではあったのだが。

「どうせあんた、ふん、こんなことくらいで、と思ってるんだろう？」

大家さんは曲がった腰に両手をあてがい、私の顔を覗き込み、抜けた前歯の隙間からヤニ臭い息を吐き出した。

「それが大きな間違いなんだ。〝整理整頓は自己防衛の最良の武器である〟名言だと思わないかい？　私が考えたんだ。毎日仕事から疲れて帰ってくる。玄関で靴を脱いで、右左どっちかの足から中に入って、数十センチの歩幅で歩いて、鍵を開けて……。習慣になったこの一連の動作、人間は本能的に同じ手順、同じ速度、同じ歩幅を守っている。なぜか？　それが一番安全だからだ。昨日も一昨日も一か月前も、同じようにやって安全だった。敵に襲われたり穴に落ちたりしなかった。だから繰り返す。なのに昨日までの通り道に余計な荷物が置いてあったらどうなる？　保証された繰り返しを実行できないじゃないか。だから私は口を酸っぱくして言ってるんだ。あんたたちが憎いからじゃない、店子《たなこ》たちの安全を願ってのことだ」

　大家さんは一度唾を飲み込み、両手で背骨を押さえて腰を伸ばそうとしたが、その角度はほとんど変化しなかった。口答えをすれば事態は余計泥沼化するばかりだと分かっていたので、私は神妙にただうな垂れていた。

「動物園の象はねぇ」

　声のトーンをやや落として、大家さんは続けた。

「ねぐらと遊技場の間を、毎朝毎晩同じ歩幅で歩くから、通路の同じ場所に足跡がつく。決まった場所にしか足を乗せない。そこだけが黒ずんでる。賢いよ、象は。こんなところに本を放り投げといて平気な人間より、よっぽどお利口さんだ」

　何かと動物園の象を持ち出して店子と比べるのが、彼女のいつものやり方だった。まるで自分が飼っている象を自慢するかのような入れ込みぶりだった。滅多に外出しない彼女が、ごくたまに一張羅を着て出掛ける先は動物園だと、これも誰かが噂していた。

「で、これは何の本だい？」

「お菓子です。勉強のために……」

「勉強？」

「はい、私、お菓子の工場に勤めているので……」

「ほう」

勤め先については入居の時知らせたはずだが、そんなことはとっくに忘れている様子だった。

「とにかくまあ、しっかりやっておくれ」

自分の言いたいことだけを言い終えると彼女は、小さな背中を左右に傾けながら、恐らくいつもと寸分変わらぬ歩幅で、飛び石沿いに母屋の方へ去って行った。


勤めはじめて数か月が過ぎ、少し慣れてくると、見逃してはならないという意気込みの他に、もっとたくさん不良品があればいいのに、という妙な期待が芽生えてきた。もちろん製品にならないビスケットは少ない方がいいに決まっているのだが、延々と全うなアルファベットばかりが流れてくると、心のどこかで残念がっていた。全うな彼らは文句のつけようがない朗らかさで、乾燥ラインから袋詰めラインへとつながる輝く未来に向かって進む。私の手助けを必要とする者など誰一人いない。攪拌機《かくはん》は元気よく生地を練り上げ、ローラーは均等な力を発揮し、オーブンは的確な温度を守る。そんな日は私にとってむしろ、つまらない一日だった。

逆に何もかもが微妙にすれ違ってしまう時、例えば高すぎる湿度が生地を弱らせたり、型を取り付けるネジが弛んだりして、不良品が次々と出る日、私は大いに活気づいた。たいてい不良品は、そうでない者たちの陰に身を潜めている。傷ついた側が死角になるよう細心の注意を払い、どうか私のことなど忘れて下さいとでもいうかのように、ひっそりと息を殺している。

「怖がらなくていいのよ」

心の中でそうつぶやきながら私は、奇形のアルファベットをそっと救い出す。

その時、指先にほんのり伝わってくる焼き立ての温かさが、私は好きだった。自分は今、このビスケットと心を通わせている、とさえ錯覚するほどだった。更には、口に入れたいという欲求が湧き上がり、それを抑えるのにいつも小さな努力を必要とした。

もっとも私は、やまびこビスケットが決して、びっくりするほど美味しいわけではないとよく承知していた。一般的にやまびこビスケットは、特別な日のおやつとして扱われてはいなかった。口寂しいのに他に何のおやつもない時、戸棚の奥で忘れられていた袋を引っ張り出し、湿気《しけ》かけたのを仕方なく食べる、といった扱いがせいぜいだった。甘みが頼りなく、ぱさぱさとして、飲み物がないと上顎の裏側に張り付いてなかなか飲み込めなかった。

「焼き立てはやっぱり、一味違うんでしょうね」

隣にいる先輩に話し掛けてみたが、興味がなさそうに首を振るばかりだった。どんなアルファベットに対してさえ、何かしらの思い入れを抱いているようには見えなかった。

職場の人たちは皆無口だった。それが社長の好みなのだろう。ベテランも新人も、職人も事務員も、猫背で目つきが悪かった。私はすぐに口をつぐみ、手の中の欠けたwを籠の中へ入れた。ベルトコンベヤーは同じ速度で流れ続けた。


ある日仕事から帰ると庭に大家さんが倒れていた。庭石につまずいて転んだらしく、額に固まりかけた血がこびりついていた。すぐに近所のお医者さんに往診を頼んだが、意識ははっきりしているし、骨は折れていないし、大したことはないでしょうと言って額に赤チンだけを塗って帰っていった。

「あれ、やぶ医者だよ」

居間兼寝室といった風情の部屋の片隅に置かれたベッドに腰掛け、足をぶらぶらさせながら大家さんは言った。

「一晩くらいは、用心なさった方がいいですよ」

ようやく私も落ち着いてあたりを見回す余裕ができた。さすがに整理整頓の信奉者だけのことはあり、部屋は見事に片付いていた。手紙は状差しに、新聞はマガジンラックに、櫛《くし》は三面鏡の前に、すべてが正しい場所に収まっていた。東向きの出窓には灰皿と毛糸玉が置かれていた。

毛布を取り出そうと押入れを開けた時には、もしかしてここに弟さんの遺体が、と一瞬疑惑がよぎったが、もちろんそんな気配は微塵もなかった。布団類もシーツもきちんと角をそろえて折り畳まれ、段ボールには全部封がしてあった。

不必要な品、贅沢な品は一切なく、今そこにあるものは何でも限界すれすれまで使い込まれていた。家全体を覆う拭いようのない古めかしさ、みすぼらしさは、整理整頓の技によってどうにか上手くカモフラージュされていた。

「いつもの歩幅を守らなかったんですか?」

私は言った。

「馬鹿を言うんじゃない。守った。一ミリの狂いもなく守った。しかし……」

大家さんはそっと額に手をやり、赤チンが乾いたかどうか確かめた。

「石に張り付いた落ち葉のせいで、全くこんなはめに。象だったら自分の体重で自分を押し潰して、死んでるところだね」

せっかくお医者さんが消毒をしてくれたばかりだというのに、大家さんはお札を数える時のように人差し指を唾で濡らし、額に塗りつけた。いつしか外はすっかり日が落ちていた。

「もしよかったら、晩ご飯、お作りしましょうか」

出すぎた真似かと思いながら、恐る恐る私は言った。

「いや、やめとくよ。あんまり大騒ぎしたせいで、晩ご飯って気分にもなれないんでね」

珍しく気弱な態度だった。

「それに、今日は買い物に行ってないから、目ぼしい材料が何にもないはずなんだ」

食事のことが話題に上った途端、大家さんからいつもの尊大さが消え、声は小さくなっていった。

「じゃあ、私が買い物してきましょうか？　アパートで何か作ってきてもいいですし」

「いいの、いいの。本当に、食欲ないから……」

象の法則が破られたことがよっぽどショックだったに違いない。大家さんの腰は普段にも増して深く折れ曲がって見えた。

確かにすっきりと片付きすぎた台所はもの寂しささえ漂わせていた。黒光りするガスコンロは冷え冷えとし、流しは乾ききり、棚に並ぶ調味料の瓶はどれも闇に沈んでいた。冷蔵庫を開けると、明るすぎる光の中に、牛乳とケチャップと茶色に萎《しな》びたキャベツが浮かび上がってきた。

その時私はふと、カバンの中に不良品のビスケットが入っているのを思い出した。

「ビスケットくらいなら、食べられるんじゃありませんか」

「ビスケット?」

「はい、やまびこビスケット。私、そこの工場にお勤めしているんです。だから、売り物にならない製品を、時々ただ同然で分けてもらえます」

「ただで?」

その一言に反応して大家さんは、ベッドから身を乗り出した。

私は牛乳を温め、居間兼寝室の丸テーブルに運び、大家さんと一緒にやまびこビスケットを食べた。

「これは、英語の字の形だね」

「はい。どれも出来損ないですけれど」

「やまびこビスケットと言えば、別名、つわりビスケットだ」

「何ですか？　それ」

「少なくとも私の周辺ではそう呼ばれていた。つわりでものが食べられない妊婦が、ゲーゲー言いながらでもこれだけは食べられる。私の若い頃は、確かそれを謳い文句にしてたはずだ」

「へえ、知りませんでした」

「もっとも、私には縁のない話だったね」

大家さんは上棒が取れたFを食べ、真っ二つに割れたVの片割れを食べ、生焼けのeを口に運び、それらが上顎に張り付いてくると、牛乳を飲んだ。食欲がないというわりには、入れ歯を軽快に鳴らして美味しそうに食べた。

「私は子供の頃、このアルファベットシリーズを並べて、いろいろ言葉を作って遊んでいました」

「ほう」

顔を上げた大家さんの口元には、牛乳の膜がくっついていた。

「例えば、自分の名前とか、好きな男の子のあだ名とか……。大家さんの名前も並べてあげますよ」

「やめてよ、恥ずかしいから」

意外にも本気で恥ずかしがった大家さんは、Rの輪に小指の先を突っ込んだり引っ込めたりした。

「では、一番お好きな言葉を」

「それならもちろん」

ぐいと顎を持ち上げ、誰かに向かって自慢するように大家さんは言った。

「整理整頓だよ」

私はふくらはぎ少女の印刷された袋をかき回し、できるだけ破損の少ないアルファベットを選り分け、大文字と小文字が混在するのには目をつぶりつつ、一個一個ビスケットを並べていった。昔、母の名前を並べようとしてどうしてもKが一個足りず、手を粉だらけにして探してもなぜかkも見当たらず、このままでは母が死んでしまうのではないかという不吉な思いに囚われて、泣きじゃくったことを思い出した。

『ｓＥＩｒＩｓｅＩＴＯｎ』

丸テーブルの真ん中に、どうにか整理整頓が完成した。あちこちひび割れ、欠損し、Ｏなどは Ｇの半円とＱの半円をつなぎ合わせた急ごしらえだったが、それでも間違いなく整理整頓だった。

「廊下の半紙に比べたら、ずいぶん間が抜けていますね」

「英語の文字でも整理整頓と書けるんだねえ。なかなかいいよ。気に入った」

大家さんは牛乳の膜を舌で口の中に引っ張り寄せながら言った。

私たちは『ｓＥＩｒＩｓｅＩＴＯｎ』をしばらく眺めたあと、二人で分け合った。大家さんがｓＥＩｒＩｓｅＩＴの九個、私がＯｎの二個を食べた。


以来、不良品を分けてもらえた時は、必ず大家さんのところへ寄るようになった。分配の優先権は先輩にあるため、そうしばしばというわけにはいかなかったが、それでも一か月に一回か二回は、二人で夜のおやつの時間を過ごした。もしかすると彼女にとってはおやつではなく、夕食だったかもしれない。けれどそのあたりはあいまいなままにしておいた。あくまでもお互い、暇な独り者同士、ただで手に入れた幸運を分かち合おうとする態度を貫いた。残ったビスケットは全部置いて帰った。次に行った時、それはいつもきれいになくなっていた。

しかし家賃を受け取る際の強欲さと、整理整頓が乱された時の怒りは、以前と同じだった。やまびこビスケットの恩恵にあずかっているからと言って、手加減はしてくれなかった。彼女にとって家賃は、決して横取りされてはならない獲物であり、整理整頓は理屈抜きの生存本能だった。

私はいっそう強く不良品のアルファベットを求めるようになっていた。実は不良品こそが本来あるべきビスケットの姿ではないか、と思うことさえあった。無事ベルトコンベヤーの最終地点までたどり着き、袋詰めされ、トラックに載ってどこかへ運ばれてゆくのがやまびこビスケットだとしたら、途中でつまみ出され、厄介者扱いされ、片隅に追いやられるアルファベットは、私のためのビスケットだ。大家さんと私の仲間だ。そんなふうに感じていた。

特に『整理整頓』に使われるアルファベットにはいっそうの愛着が湧いた。傷ついたiやtやNが流れてくれば、「ここまでよく頑張ったわね。さあ、あなたたちを待っている人の元へ行きましょうね」とつぶやき、ほんのわずか先端が欠けただけの大文字のSが流れてくれば、「ああ、よかった。これで先頭を大文字ではじめられる。あなたのおかげで引き締まった整理整頓ができるわ」とうれしくなった。


「工場ってところは、さぞかし整理整頓が行き届いているに違いない」

牛乳の湯気で頬を湿らせ、うっとりするような目で大家さんは言った。

「さあ、どうでしょう。うちの工場の場合はさほどでも……」

「やっぱり、何でも道具は決まった場所にそろってて、それに合わせて人間も決まった動きをするんだろう？　ピシッ、ピシッ、とね。象が昨日の足跡にぴったりまた足を乗せるのと同じだ。好き勝手は許されないんだ。寸分狂わぬ機械音、髪の毛一本落ちてない床、黙々と働く人間、直角と直線の世界。いいねえ。いっぺん見学してみたいねえ」

大家さんは焦げたLに齧《かじ》り付きながら、勝手に想像を膨らませていた。

「あんたは象に比べてずっとぼんやりさんだから、気をつけなくちゃだめだよ。機械に挟まって、腕が英語にくり貫かれても知らないよ」

少し硬すぎたのか、大家さんはLの角を牛乳に浸し、ふやかしてから再び口に運んだ。

「気をつけます。安全第一ですから」

「違うよ。整理整頓だよ」

「はい、すみません」

私たちは不良やまびこビスケットでいろいろな言葉を作った。いつしか一度テーブルに並べて言葉にしたアルファベットしか食べてはならない、というルールが二人の間に出来上がっていた。

『KoujYo』

『HInoyouJiN』

『gyUnyU』

だんだん数が少なくなってくると、作れる言葉も限られてくるようになった。

『ME』

『Ga』

『i』

どれもこれも心もとない表情を浮かべていた。いいえ、私たちは言葉にしていただく資格などないはぐれものですから、とでも言っているかのようだった。しかしこういう場合でも大家さんはいつもの性格を発揮し、一ミリの傾き、ズレも許さず、一個一個のアルファベットを理想の工場に置かれた道具のようにピシッ、ピシッと並べていった。おかげで彼らはいくばくかの誇りを、その古びた丸テーブルの上で取り戻すことができた。

『ｚｏ』

「象は英語にしても、賢そうに見えるねえ」

大家さんは言った。

「大文字がなくてすみません」

「大きいか小さいかは関係ないよ。象が立派なのは大きさのせいじゃない」

「ｚがリンゴを口に運ぶ鼻で、ｏがお尻に見えます」

「そう、名は体を表すだ」

大家さんは満足げだった。

最後に整理整頓を残しておくのを、私たちは忘れなかった。テーブルの真ん中にそれを並べ、しばらく眺めたあと、エスからティーまでを大家さん、末尾のオーとエヌを私が食べる。これもまたいつとはなしに決まったルールだった。

「ところであんた、なんで、お菓子の工場に勤めてるんだい？」

大家さんが尋ねた。

「子供の頃、お菓子を食べられなかった反動です」

私は答えた。

「病気か何かで？」

「いいえ。貧乏だったから。甘いものが嫌いだって、母に嘘をついていたんです」

「へえ、そうかい」

大家さんは牛乳の最後の一口を飲み干した。二人とも黙ると、あとは遠くで川の音が聞こえるだけだった。


一度だけ大家さんと一緒に動物園へ行った。おめかしをして出掛ける先は動物園だ、という噂は間違っていなかった。もっとも、おめかしと言っても、ねずみ色のズボンをねずみ色のスカートにはき替え、擦り切れてはいるがアイロンだけはきちんと掛かったウールのコートをはおり、ベレー帽を被るだけのことだった。

大家さんは入場門を入ると案内板には目もくれず、キリンやチンパンジーやサイも全部無視し、真っ直ぐ象の元へ向かった。通いなれたルートらしく、地面に大家さんの足跡が付いているのでは、と思わせる軽やかな足取りだった。

平日の曇った午後で園内は空いていたが、それでも象舎の前には数人のお客さんがいた。大家さんはその先客を押しのけ、柵の中央に陣取ると、十本の指で金網を摑んだまま、あとはもう動かなかった。

象は六十歳のメスだった。左耳の縁がギザギザに切れ、鼻の付け根が肌色にすりむけ、たるんだお腹の皮膚が左右に揺れていた。

「柵の向こうに池があるだろう？　先月、遊び場にするつもりで動物園が作ったんだ。でもあの子は入らない。底がどうなってるか分からないそんな池に、喜んで入る馬鹿じゃないよ、象は。余計なお節介しかできない人間の方が、よっぽど馬鹿さ」

「ほら、飼育員がおやつのリンゴをやってる。あれは新米の飼育員だからね、鼻の先で受け取ってるよ。心を許してない証拠さ。距離があるんだ。ベテランだったら直接口に入れさせる。象の方でちゃんと人間を品定めしているってわけだ」

「ああして鼻を振るのはイライラしている証拠だよ。足元に小鳥がいるんだ。得体の知れないものが足元をちょろちょろすると、象は露骨に嫌がるねえ。整理整頓の行き届いた世界を乱すもの、それがイコール敵だ。力強い理論だとは思わないかい」

大家さんは象について私にいろいろと教えてくれた。その間もずっと象から視線をそらさなかった。象の方もまた、砂浴びをしたり、コンクリートの柱に鼻を押し付けたりしながらも常に、視界の隅で大家さんを捕らえていた。

とうとう小雨が降り出した。

「そろそろ行きましょうか」

と促してみたが、返事はなかった。私は傘を開き、二人の間にさし掛けた。いつの間にか他のお客さんたちは姿を消していた。ただ象と大家さんだけが、雨になど気づきもせず、じっとお互いを見やっていた。

「象が、お好きなんですね」

言うまでもないことを、ふと私は口にした。

「弟が、好きだったからね。よくここでこうして、見物してた」

金網に引っ掛けた指先は凍え、コートの肩先は濡れて色が変わっていた。ベレー帽の下に覗くいつかの額の傷は引きつれ、皺と区別がつかなくなっていた。私は傘をもう少し大家さんの方へ寄せた。どこかの檻で、何かの獣が、震える鳴き声を響かせていた。

大家さんの遺体を発見したのは、家賃の支払いを一週間ほど待ってもらおうとして交渉にやって来た、一〇二号室の住人だった。大家さんは居間兼寝室の丸テーブルに腰掛けていた。ややうつむき加減ではあるものの、元々腰が曲がっているせいもあり、死んでいるようには見えなかった。呼び掛けても返事をしないのは、店子いじめの新たな手法かと、最初一〇二号室の彼女は思い、肩を揺すってようやく事態を把握した瞬間、悲鳴を上げた。しかし彼女が怖れたのは大家さんの死ではなく、家賃の滞納を巡る諍《いさか》いで自分が殺したと疑われるのではないかという想像であった。悲鳴を聞いて私が駆けつけた時、彼女が発した第一声は、だった。

「私が殺したんじゃない。私じゃない」

死因は心臓発作だった。明け方、ベッドから起き上がり、椅子に座ってそのまま息を引き取ったらしい。

そこは見慣れた大家さんの部屋で、大家さんが死んでいるという事実以外に何一つ、変わったところはなかった。大家さんの揺るぎない信念は、これほどの非常事態にさえ惑わされることなく、部屋の隅々にまで貫かれていた。シーツには皺一本なく、寝巻きは丁寧に折り畳まれ、出窓の籐籠には、いつでも編み物がはじめられるよう編み棒が二本並んでいる。ホットミルク用のマグカップは水屋に伏せられ、やまびこビスケットの残りは口を輪ゴムで縛って戸棚の中に仕舞われ、弟さんの思い出は封をされた段ボール箱の中で眠っている。すべてが整理整頓に守られて安堵している。

『ｓＥｉｒｉｓｅｉｔｏＮ』

丸テーブルの真ん中には、一行、やまびこビスケットが並んでいた。朝ご飯にするつもりだったのかもしれない。

警察がやって来る前、私はそっとやまびこビスケットをポケットに隠した。こういう場合、現場に手を触れてはならないと知ってはいたが、余計な詮索をされないうちに、大家さんの形見としてそれを持ち出す権利が自分にはある、と思ったからだった。

製菓職人として独り立ちするまで、長い間、私は十一個のやまびこビスケットを布の袋に入れて大事に持っていた。人からそれは何かと尋ねられると、お守りだ、と答えた。

（調理師専門学校製菓コース教授・六十一歳・女性／研修旅行のオプショナルツアーで参加）

第三夜

B談話室

その日、公民館の［B談話室］へ立ち寄ることになったのは、全くの偶然からだった。仕事の帰り、外国人男性に公民館への行き方を尋ねられ、口で説明するより手っ取り早いと思い二、三分の道のりを案内したのが始まりだった。

「助かりました。どうもありがとうございます」

たどたどしい口ぶりながら丁寧に頭を下げた外国人は、入口のすぐ左手にある小さな受付で何か紙を受け取り、［B談話室］とプレートの掛かった部屋へ入っていった。最後まで見届けたのは、彼がかなりの高齢で、足元が覚束ない様子に見えたためだった。

3日（水）午前10時～　一日押し花教室　初心者大歓迎

14日（日）午前8時半より町内会清掃　ご協力お願いいたします

29日（月）14：00～　口笛を楽しむ会　レッスン後茶話会あり……

入口脇の掲示板にはさまざまな手作りのチラシが張られていた。仕事の行き帰りに公民館の前は何度も通っていたが、そんなふうに立ち止まって眺めたことは一度もなかった。何の変哲もない平屋の建物だった。前庭の植え込みにはデージーと三色スミレが咲き、駐輪場には補助輪付きの子供用自転車が一台止まっていた。

ふと見ると、女の人が受付の小窓から顔を出し、こちらに向かってしきりに手招きしていた。親しみのこもった、しかしどこか有無を言わせない強引さを持つその手招きにつられ、フラフラと公民館の中へ入ったのは、彼女がとても可愛らしい顔をしていたという、ただそれだけの理由からだった。

「どうぞ、ご遠慮なさらずに」

と、彼女は言った。

「いいえ、違うんです、ただ……」

事情を説明しようとする僕を感じのいい笑顔で遮り、彼女は続けた。

「ええ、誰でも最初は尻込みなさるものなんです。初めてのところへ足を踏み入れる訳ですから、当然です。でも大丈夫。心配はいりませんよ」

彼女は精一杯首筋をのばし、僕を見つめた。その瞳の黒さにじっと見入ってさえいれば、本当に心配事など何一つないのだ、と思わせてくれるような深い目をしていた。睫毛《まつげ》が長く、唇はしっとりとし、飾り気のない真っ直ぐな髪が事務服の肩にまで届いていた。小窓の奥の事務室にいくらか人の気配はあったが、ロビーには人影はなく、さっき外国人が入っていった扉は閉じられたままだった。

「さあ、あの部屋です」

彼女は一枚のチラシを僕に手渡し、［B談話室］を指差した。

「あそこが、危機言語を救う友の会の、会場です」

「キキゲンゴ？」

「まだ間に合います。今、始まったばかりですから」

いっそう瞳を大きく見開き、僕の問い掛けをいなすような口調で、彼女は言った。［B談話室］を指し示す指はしなやかで、爪の先まで白く透き通っていた。その手を見つめながら、思わず僕はうなずいていた。

これはチラシを読んでゆくうちにおいおい分かってきたことなのだが、危機言語を救う友の会とは、政治的な理由で使用が禁止されたり、人口が減少したりして忘れ去られようとしている世界の地域語を守るための集まりだった。しかしその活動は地域の独立を訴えるような勇ましいものではなく、あくまでも個人的な精神の安らぎを求めるという、のんびりとした内容になっていた。

会員は各々《おのおの》母国語の他に何かしら地域語と縁のある人々。普段の生活でそれを使う機会に恵まれず、慣れ親しんだ懐かしい言語が消え入りそうになっているのを寂しい思いでただ見守るばかりの彼らが、言語の種類は違えど時折公民館に集合し、互いを慰め合う。簡単に要約すれば、そのような会であるらしかった。

最初B談話室へ入った時、中が思いのほか広いので驚いた。踊りの練習場としても使われるらしく、床は板張りで、三方の壁にバーが取り付けられ、正面は一面鏡張りになっていた。その部屋の中央にパイプ椅子を丸く並べ、八人ほどの人が腰掛けていた。ちょうど東南アジア系の顔立ちをした小太りの女性が立ち上がり、一人喋っているところだった。僕の参加をあらかじめ察知していたかのように、なぜか椅子が一つだけ空いており、当然僕はそこへ座る成り行きとなった。皆ちらりとこちらを見やったものの、その場の空気に乱れはなく、僕はすんなりと輪の中に納まった。

女性は心持ち顎を上げ、天井と壁の境目あたりを見やりながら一心に喋っていた。声は慎ましく、ほとんど抑揚はなく、しかしどこかしら艶があった。わずかに開いた唇から漏れ出てくるのは、働き者の蚕が吐く糸のように切れ目のないどこまでも一続きの息だった。その糸が輪になって向き合う者たちを柔らかく幾重にも包み込んでいた。

もちろん何を言っているのか意味は分からなかったが、他のメンバーたちが真剣に耳を傾けているのは分かった。ある人は目をつぶり、ある人は腕組みをし、またある人は親指の爪を噛みながら、とりあえず意味などというものは脇に置いて、彼女の言葉を鼓膜で受け止めていた。

「はい、以上です」

不意に意味のある言葉が戻ってきて僕ははっとした。女性の話は終わりを迎え、と同時に輪の中から拍手が起こった。

「とてもよかった。労働の喜びが伝わってくるようだ」

「ええ、本当。機織《はたお》りのリズムを邪魔しない遠慮深い発声が魅力的だわ」

「なぜだろ。退屈とは違うんだけど、すうっと眠りに引き込まれるような感じもしたよ」

「やはりこのお話が、赤ん坊の子守唄代わりにもなっていたからじゃないかしら」

皆思ったままを自由に口にしていた。彼女はインドネシアの小さな島の出身で、今のは村の女たちが機織り仕事をする時に語り合う昔話のようだった。彼女は広い額にうっすら汗を浮かべ、ほっとした様子で腰を下ろした。

「では、次の方どうぞ」

会は手馴れた様子で進んでいった。次は僕が道案内をした老人だった。その僕がこうしてB談話室に同席していることに、気付いてはいない様子だった。彼はイタリア北部、オーストリア国境に近い峡谷地帯の地域語を話した。十三世紀、宗教的対立から山中に隠れ住んだ村人百数十人が、安全と結束のために編み出した言語を引き継ぐ、ほとんど唯一の人物らしかった。

「死者を見送る祈りの言葉です。洞窟の礼拝堂で唱えられました」

老人は一度咳払いをし、口ひげを整え、たっぷりと間を取ってから最初の一声を発した。痩せて年老いた人のどこにこんな力が、と思うほど豊かな声が部屋の隅々へと響き渡り、鏡に跳ね返り、天井で渦を巻いた。機織りの昔話とは全く趣が違っていた。うねりがあり、心地よいリズムの繰り返しがあり、気高さと寛大さがあった。祈りといいながら時には歌のようにも聞こえ、詩の朗読のようにも聞こえた。人々はいっそう耳にだけ神経を集中させ、身じろぎ一つせず、椅子をカタリと鳴らす者さえいなかった。

通りすがりに道案内をした老人が、とある一つの言語を話すたった一人の生き残りだったということを、僕は不思議な気持で思い返した。死者を安心させ、生者を慰めるための祈りが、行ったこともないどこか遠い村の、痩せた山中にある洞窟の中で響いているさまを想像した。いったん洞窟の外へ出てしまえば何の意味も持たない言葉たちは、世界中でたった一つの安住の地である暗闇に身を潜め、死者を見送ろうとしている。そこは闇と見分けがつかない黒くゴツゴツした岩に覆われ、とても肌寒い。足元を冷たい湧き水が流れている。腕をのばしても奥がどこまで続くのか分からず、頼りないランプの明かりが照らすのは、ただ棺に横たわる死者の顔ばかりだ。

いつしかその顔が、今喋っている老人になっている。ああ、そうか、彼が死ぬと一つの言語が死ぬのか、だからこれは言語の死に向けられた祈りなのだ、そうして皆洞窟に染み込んだ響きの名残りに耳を澄ませているのだ、と僕は思う。

「ありがとうございます」

その時老人は両手を合わせ、膝を折って頭《こうべ》を垂れた。輪の中に静けさが戻ってきた。

このようにして次々順番に危機言語が語られていった。ゴラン高原の遊牧民族の言葉もあれば、ボヘミア地方の錬金術師のみに伝わる言葉もあった。婚礼の口上、雨乞いの呪文、わらべ歌、怪談、寓話、早口言葉……等など、内容はバラエティに富んでいた。どの言語も独自の魅力を備え、聞く者を退屈させなかった。輪の中に座ってさえいれば、機織り小屋でも洞窟でも錬金術師の城でも、ありありと思い浮かべることができた。喋り終えた人は誰もが、自分の言葉が間違いなく誰かの耳に響いたことを確かめ、満足し、安堵の表情を浮かべた。

「お待たせしました。では、どうぞ」

皆の視線が一斉にこちらを向いた時ようやく、僕は自分にも順番が回ってくることに気付いた。なぜか愚かにも、それまで自分はずっと聞き手でいられるような錯覚に陥っていた。今や全員が僕の危機言語を待っていた。

正直にいきさつを話し、会員でもないのに集いに参加してしまったことを謝ろうかとも思ったのだが、それでは、僕を新入会員だと信じ込んでいる受付の彼女を、裏切ってしまうような気がした。彼女の善意に満ちた手招きと黒い瞳が、再び胸に浮かんできた。

「えっと……」

どうしたらいいのか見当もつかないまま、とりあえず僕は立ち上がった。どんな危機言語が登場してくるのかと、皆態勢を整えて待っていた。

「母方の、祖母の話なんですが……」

唇をなめたり、床を足先でつついたりしながら僕は時間を稼いだ。おい、一体どうするつもりなんだ、と自分で自分を問い詰めた。

「祖母はとある海岸沿いにある、半農半漁の村でちょっとした役に就いていました」

問い詰めている間に、僕は勝手に説明を始めていた。全くの行き当たりばったりだった。何の見通しも、手掛かりも、予感もなかった。ただ自分の口が勝手に動いているだけだった。

「それは吹き込み役、と呼ばれるもので、村に赤ん坊が生まれると、身代わりになる人形をこしらえ、それに赤ん坊が将来罹《かか》る病を吹き込むのです。人形は先祖の墓を掘り返し、骨を膠《にかわ》で接着して作ります。これは、こしらえ役というまた別の役の人が執り行います。祖母は人形に向かって、本来赤ん坊が背負うべき苦難を吹き込んでゆきます。人骨の人形をなだめ、おだて、だまして身代わりとなってもらうための言葉、これは吹き込み役にしか話せません。僕は吹き込み役一族の最後の継承者なのです」

「吹き込まれたあと、人形はどうなるんですか？」

機織りの女性が遠慮がちに質問した。

「赤ん坊が生まれた翌月の満潮の夜、海へ沈めます」

驚くほど僕は堂々と答えていた。メンバーたちは、ほう、なるほど、といった様子でうなずき合った。

「では……」

そこから僕は人骨人形に語りかけるための言葉、というものをまさにその場ででっち上げて喋った。お経とも念仏とも祝詞《のりと》ともつかない、怪しい中国人が使う偽の中国語のような、SF映画に出てくる宇宙人の会話のような、とにかく訳の分からないことを口走った。好き勝手に滅茶苦茶を喋るのがいかに難しいか、僕は初めて知った。吹き込み役なるものをでっち上げる方が、出鱈目《でたらめ》なりにストーリーがあってまだ楽だった。何度も詰まりそうになり、そのたびにうなり声を上げたり、鼻を鳴らしたりして誤魔化した。しかしそれがかえって呪術的なアクセントとなり、より雰囲気を盛り上げることになった。皆が一声でも聞き逃すまいと、身を乗り出しているのが分かった。

「以上で、終わります」

適切な長さをどうにか喋りきった時、緊張で汗ばみ、息が切れていた。一斉に拍手が沸き起こった。それまでの誰よりも大きな拍手だった。

「少しずつ人形に災難が吹き込まれてゆく感じが、とってもドラマチックだ」

「あなたみたいな吹き込み役さんに吹き込んでもらえたら、赤ちゃんは安心ね」

「君は声がいい。骨の小さな空洞にすうっと通る声だ」

「そういう声の家系が吹き込み役に選ばれるのね、きっと」

「今度親戚の家に赤ん坊が生まれるんだけど、あなた、ちょっとお願いできないかしら」

僕はどの意見に対してもあいまいな笑顔で答え、深々とお辞儀をした。一段と大きな拍手が鳴り響き、それはいつまでもB談話室の中央で小さな輪を描き続けた。


帰り際、受付の女性が再び小窓から顔を出し、僕に向かってウインクをした。ね、言ったとおりでしょう？　何の心配もいらなかったでしょう？　とでも言いたげな満足そうな笑みを浮かべていた。ゆるぎない堂々とした笑みだった。ああ、この人をがっかりさせなくてよかった、B談話室へ入っていってよかったと思った。格好良くウインクを返そうとしたが、目尻に皺が寄っただけだった。

当時僕は私立大学の出版局で校閲の仕事をしていた。二十八歳だった。扱う出版物は教員たちの専門書や教科書類などがほとんどで、専属職員は僕を入れて五人しかいなかった。大学事務室の北東片隅、可動式パネルで仕切られた一角が仕事場だった。

僕はそこで毎日毎日、文章の地層に潜り込み、あらゆる矛盾、誤謬《ごびゅう》、粗忽、不手際を探していた。どんなわずかな隙間にも入り込めるようひざまずき、できるだけ体を小さく縮めた。泥炭、砂礫《されき》、岩脈、当然地層にはさまざまな種類があったが、膝がすりむけようと泥が口を塞ごうと不平を言わず、いつでも自分の方を地層の形状に合わせた。余分な何かがくっついていないか、本来あるべきものが欠落していないか、僕は粘り強く著者の思考を推理した。会ったこともない誰かの心と共振しようとして、懸命に息を詰めた。そうしてようやく判断を下した地点に、目印の赤い小石を置くのだった。

本が出来上がった時、僕の痕跡はきれいに消し去られている。赤い小石はどけられ、すべてが上手く整えられ、まるで最初からそうであったかのような姿で地層は横たわっている。誰も僕などという人間がそこを這いずり回ったとは気付きもしない。

僕はまた可動式パネルの向こう側に身を潜める。事務職員や学生たちに背を向け、皆の邪魔にならないよう細心の注意を払う。ポケットに赤い小石を詰め、新たな探索を続ける。

おおむね、そういう仕事に僕は満足していた。一日誰とも口をきかないことも多かったが、寂しいとは思わなかった。毎朝同じ電車に乗って八時五十分にタイムカードを押す。昼に四十五分、午後三時に十五分休憩を取り、五時には終業する。月に二、三回ある残業の時は、学生食堂で買うチョコレートパンを食べながら夜中まで集中して頑張る。寄り道せずに真っ直ぐアパートへ帰り（公民館の前を通って）、休みの日には自然史博物館を見学する。給料日が来ると少し贅沢をして鍼灸院へ行き、スペシャルなコースで眼精疲労をほぐしてもらう。夜はウィスキーを少し飲み、中庭をはさんで向かいにあるアパートの窓を眺めて過ごす。カーテンにちらりと映る人影を、ただぼんやりと眺める。

これが、僕の生活だった。

次にB談話室へ足を踏み入れたのは、危機言語を救う友の会の集まりから一か月ほどが過ぎた、木曜の夜だった。吹き込み役の言葉を語って以来、公民館の前を通るたびに受付の様子をうかがい、彼女の姿を探したのだが、小窓はたいてい閉められていた。たまに開いていても、覗いて見えるのはしょんぼりと痩せた小父さんの横顔だけで、もちろんその人は手招きなどしてはくれなかった。

ダンスの練習をしているのか、床を踏み鳴らす威勢のいい足音と手拍子が聞こえてくることもあった。手芸作品の展示会でにぎわっていることもあった。あるいは、鍵がかかり、非常口の明かりだけがぼんやりとB談話室の扉を照らしている夜もあった。

その木曜日は、雰囲気がどこか危機言語を救う友の会の時と似ていた。つまり、人の気配が一筋にB談話室へと続いてゆく、ひたひたとした静けさがロビーに漂っていたのだ。僕は相変わらず閉まったままの受付の小窓に目をやり、あの自信に満ちた手招きと黒い瞳を思い浮かべた。そしてためらいながらもチラシを手に取り、B談話室のドアノブを回した。チラシには『運針倶楽部定例会』とあった。

今度は教室風に、鏡に向かって机と椅子が五列並んでいた。それだけで、当然ながら前回とは会の趣旨が随分異なっているのだと察せられた。運針倶楽部は会の名前そのままに、運針をする倶楽部だった。

僕は入口に最も近い席に着いた。既に机の上には材料が一揃え置いてあった。真っ白い正方形の木綿生地と、藍色の糸、縫い針、糸切り鋏。それらが何かの流儀に則ったかのように、バランスよくきちんと配置されていた。ざっと見回したところ、会員は中高年の女性にぽつぽつ男性が混じっていて、殊更僕だけが目立つという感じではなく、ひとまずほっとした。

誰も喋っている人はいなかった。挨拶もひそひそ声も笑い声もなく、耳に届くのはただ木綿の布と糸が擦れ合う微かな気配だけだった。皆うつむいて、周りに他人など誰もいないかのように、自分の針だけを見つめていた。

正直、僕は運針が何なのかはっきりと分かってはいなかったのだが、周囲の様子を観察し、ほどなく、四角い布を真っ直ぐに縫っていけばいいらしいと理解した。隣の老婦人をちらちら盗み見しながら、僕は針に糸を通し、たとえ不細工でも会の秩序を乱さない程度の運針を目指して一針めをスタートさせた。

『……我が倶楽部は手芸倶楽部ではありません。何かしら物を製作することを目的とはしていないのです。……運針は自己と自己、一対一の対話です。我が倶楽部には、誰もあなたの邪魔をする者はおりません。……運針は完全なる孤独をあなたに提供します』

チラシは生真面目一辺倒の言葉が並ぶだけの、目立たないデザインだった。久しぶりに手にする針と糸はなかなか言うことを聞かず、すぐに糸が縺《もつ》れて引っ掛かったり、目が不ぞろいになったりした。それでも根気よく、どうして自分はこんなことをやっているのだろうと考えもせず、一針一針慎重に刺していった。

やがてピントの倍率が上がったように、手元がくっきりとよく見えるようになってきた。布の織目や、糸の毛羽立ちや、鋏に染み込む油のてかりや、針先の微妙な曲がりがすぐ目の前に浮かび上がり、と同時に指先だけが体から遊離して一個の生物となってゆくのが分かった。いつもは赤い小石を握っている指が、一生懸命運針に励んでいた。針と糸に奉仕していた。それが自分の体の一部だとは信じられない思いで、僕は次の縫い目を求める指先を見つめた。

ふっと一息ついた時、隣の老婦人が泣いているのに気付いた。声はもらさず、表情も変えていなかったが、誤魔化しようもなく涙が、一粒、二粒、布の上にしたたり落ちていた。そうしている間にも針は、濡れた布の上を進んでいった。

僕にはどうすることもできなかった。B談話室にはうつむいた背中がいくつもいくつも並んでいた。皆一人きりだった。一度目を閉じ、深呼吸をしてから僕は、運針に戻った。

蜘蛛の巣愛好会、溶鉱炉を愛でる会、絶食研究組合、空想動物写生同好会、お米にシェークスピアを書く集い……。

B談話室では実にさまざまな会合、集会が開かれていた。もはや僕はためらったりなどしなかった。勤めからの帰り、必ず公民館の前で立ち止まり、B談話室で何が行われているか確かめた。

受付の彼女に会えるのではないかという望みはどこかにまだ持っていたが、途中からはうすうす、彼女はもう姿を現さないのだろうと気付きはじめていた。そこにB談話室があると僕に知らせること、僕を手招きすること。この唯一の役目を果し終えた彼女は退場していったのだ。彼女の仕事は済んだのだ。そう感じていた。

しかしたった一度出会った時の、手の表情と瞳の色は忘れようがなかった。それはいつでも僕の心の中にあった。B談話室のドアノブを回す時には、大丈夫、心配はいりませんよ、という彼女の口調がよみがえってきた。それは確固たる定理を宣言するような力強さで、僕の背中を押した。

どのような種類の会にも、僕は驚くほどすんなり入り込んだ。これは一つの才能と言ってもいいのではないだろうか、と自画自賛したくなるほどだった。

特殊なスプレーで固定され、黒い画用紙に張り付けられた蜘蛛の巣の繊細さに、僕は心の底から感嘆の声を上げた。目をしょぼしょぼさせながら、製図用極細ペンで生米に『ハムレット』を書き写した。溶鉱炉の造形美をたたえる言葉にうなずき、絶食が引き起こす脳内物質の化学変化式をメモし、何も載っていない机の上を凝視しながら、そこに横たわっているはずの空想の動物を写生した。

会の性質に合わせ、机の並び方も、丸、四角、コの字、ロの字といろいろだった。不思議なことに必ず片隅に空いた椅子があった。もしかしたら受付の彼女が用意してくれているのではないだろうか、と空想したりもした。そこに体を滑り込ませると、誰もが、新しいメンバーなんだな、という表情を浮かべ、それ以上は詮索しようとせず、かと言って不愉快そうにもせず、ごく自然に僕を受け入れてくれた。

経験を重ねるにつれ、僕の方もよりスムーズに会の目的をつかみ、自分が何をしたらいいのか、何をしてはいけないのか、正しい判断が下せるようになった。B談話室を満たす空気の、どんなささいな特徴も僕は見逃さなかった。

ただし僕の目的は初対面の彼らに向かって自分をアピールすることでは決してなかった。結果的に、例えば危機言語を救う友の会のように、自分の発言が注目を浴びてしまうケースもまれにはあったが、むしろそれは例外で、目立たないでいることの方が僕にとっては重要な課題だった。そもそも、B談話室に潜り込むのに目的などないのだった。もしも余分なスペースがあるのなら、ちょっとの間お邪魔して、またすぐに去ってゆきます、どうかお構いなく、ご迷惑はお掛けしません。そういう態度を貫いた。

だからだろうか。会が終わったあと、話し掛けてくる人はいなかった。僕に興味を示し、素性や連絡先を知りたがる人は誰も現れず、僕もまた、誰かと視線が合わないようにうつむきながら、人々の隙間を縫ってひっそりと帰路についた。

時折、チラシに書かれた会の名前だけでは、何をする集まりなのか分からない場合があった。彼方の会、深々会、さりとて会……。僕の自惚《うぬぼ》れが最初に打ち砕かれたのもそういう名前の集まり、梔子《くちなし》会だった。

それは事故で子供を亡くした親たちの会合だった。僕はすぐさま自分が仕出かした過ちを恥じ、B談話室を出て行こうとした。ところが両隣の人に手を握られ、抜け出そうにも抜け出せない状況に陥ってしまった。集まった会員たちは全員手を握り合っていた。

もし彼ら（右隣は地味な背広姿の中年男性、左隣は白髪を結い上げた小柄な女性）の手が何気なく僕の手に添えられているだけならば、会釈をして静かに退室できたのだろうが、両手から伝わってくる二人の掌は熱く、とても振り払うことなどできない切実さをはらんでいた。今この人たちは他人の体温を必要としている。握り合う手を求めている。たとえ僕のような者の手だとしても……。僕は覚悟を決め、浮かしかけた腰を再び椅子に落ち着けた。

山で遭難した大学生、枕で窒息した乳児、ダンプカーに轢《ひ》かれた幼稚園児、海で溺れた看護学校生。それぞれの父が母が、自分の子供について語った。生まれた日の明け方、朝焼けがどんなに美しかったか、最初に喋った言葉は何だったか、母の日に何をプレゼントしてくれたか、卒業文集に将来の夢をどう綴ったか、事故を告げる電話がどんなふうに鳴ったか、最後に交わした会話は何だったか。

語る人も聞く人も皆泣いていた。僕はどうやっても涙を止めることができなかった。これほど自分が泣くのはいつ以来か、思い出せないくらいだった。自分に順番が回ってきた時、何も喋れずただ泣きじゃくるばかりだったのは、自分が偽会員だということを誤魔化すためではなく、本当に涙で言葉が出てこないからだった。

「いいのよ」

左の耳元で、白髪の婦人の小さな声が聞こえた。右隣の男性が僕の手をいっそうしっかりと握り締めてくれた。

僕が全くの部外者で、子供を亡くすどころかまだ家庭さえ持っていないと知られたら、きっとあの夜集まった梔子会の人々は憤るだろう。面白半分に同情しているだけだと誤解されるかもしれない。しかし会のあと、僕に後悔はなかった。あの時僕は泣いている人々の一員だった。僕の胸には山で遭難した青年や窒息死した赤ちゃんの姿がありありとよみがえっていた。まるで、長い間忘れていたけれど自分にとって大事な誰かのことをようやく思い出したかのような、懐かしい気持で、両隣の人の手を握っていた。その事実に偽りはなかった。

以上が、僕が作家になったいきさつである。インタビューの折り、「なぜ小説を書き始めたのですか?」と質問されるたび、僕は返答に困っていた。あいまいで微妙なこのいきさつを、短い言葉で的確に説明する自信が持てず、結局は「いや、ただ、何となく、ふっと思い立って」などと言って誤魔化してきた。するとインタビュアーは、深い意味もなく小説を書こうと思い立つ人もいるのだろうと納得するらしく、それ以上突っ込んで質問はしてこなかった。

世界のあらゆる場所にB談話室はある。あらゆる種類の会合が開かれている。ささやかなつながりを持つ者たちがほんの数人、そこへ集まってくる。その他大勢の人々にとってはさほど重要でもない事柄が、B談話室ではひとときこの上もなく大事に扱われる。会員たちはB談話室でこそ、真に笑ったり泣いたり感嘆したりできる。

僕はそこへ潜り込む。そこを丹念に探索し、痕跡を残さずに去ってゆく。校閲の仕事と同じだ。誰も僕の存在を気にしない。僕が去ったあとも、会は続いてゆく。

B談話室は町の片隅の、放っておいたら素通りされてしまう、ひっそりとした場所に隠れている。だから僕は、B談話室で行われている営みを間違いなくこの世に刻み付けるために、小説を書いている。

一度、勇気を出して受付の小窓を叩いたことがある。しばらく何の返事もなく、あきらめようとした時ようやく、きしみながら小窓が開いた。時折横顔を見せていた小父さんが、おどおどした目で僕を見上げていた。

「ちょっとお尋ねしたいのですが」

小父さんは小刻みに瞬きをした。

「以前、若い女性が受付にいらしたと思うのですが……」

小父さんは黙ったままだった。

「髪が肩くらいまであって、目が大きくて……」

「おりません」

不意に小父さんは声を上げた。

「そのような者はおりません。もう四十年、受付は私一人です」

ぴしりと小窓は閉まった。

いえ、そんなはずは……という言葉を飲み込み、そこに置かれたチラシを手にし、僕は再びB談話室のドアノブを回した。


（作家・四十二歳・男性／連載小説のための取材旅行中）

第四夜

冬眠中のヤマネ

一人息子の僕が私立中学の入学試験に合格した時、母は気がふれたのではないかと思うほどに喜んだ。大声を出して飛び上がり、その場でスキップし、僕に抱きついたかと思うと今度はクッションに顔を埋めて泣いた。心行くまで泣いたあとは、世界中の人々に自慢する勢いでダイヤルを回し続け、親戚、友人、知人、手当たり次第に電話を掛けた。番号が分からない人、つまりさほど親しくない人には、ご機嫌伺いを装いながら実は息子自慢以外の何物でもない葉書を書き送った。

恐らく、突然葉書を受け取って、戸惑った人も多かったことだろう。中には手の込んだ詐欺か（例えば入学祝にかこつけて金を騙し取るなど）と、警戒した人もいただろうし、あるいは、どうしても差出人を思い出せず、ましてやその息子となど何の関わりもなく、全く訳が分からない人だっていたに違いない。しかしいずれにしてもその時の母は、どんなにはしたないと思われようと、お構いなしだったのだ。

一方、親父の対応は常識の範囲内だった。普段から無口で、あまり笑わず、家族と一緒にいるより一人で店にいる時間の方がずっと長い人だった。

親父は城址公園の裏手にある通りで眼鏡屋を営んでいた。一応、市内で最も早くレンズを扱いはじめ、お城に万華鏡を献上した記録が残っている老舗ということになってはいたが、とうに大手の安売りチェーン店に圧倒され、子供の目から見ても商売が傾いているのは明らかだった。木造の店構えはいかにも古臭く、ショーウインドウのディスプレイは垢抜けず、検眼鏡も顧客名簿の管理システムも最新鋭とは言いがたかった。平日の昼間など、現れるのは近所の顔なじみが数人といった程度で、しかも老眼鏡のネジの締め直しや蔓《つる》の調節など、お金にならない注文ばかりだった。親父は店にいる多くの時間、ひたすら眼鏡を磨いて過ごしていた。特別に柔らかく木目の細かいその布は、まるで掌から増殖した皮膚の一部であるかのように、常に親父の手の中にあった。

こういう状況を危惧したためだろう。いつの頃からか母は友人のつてを頼りに仕入れた宝石を店の片隅に並べ、それだけでは飽き足らずにお客のところへ出向いて売りさばくようになっていた。指輪もブローチもペンダントも、母が好んで仕入れるのは皆、大仰でゴツゴツとし、身に付けるだけでくたびれそうなデザインばかりだったが、案外人気があったらしい。母は鍵穴が三つもあるアタッシュケースに宝石を詰め込んで、日曜と言わず夜と言わず出掛けて行った。手の脂を吸い込んで鈍くくすんだ三本の銀色の鍵、それが母を象徴する品物だった。母はそれを金属の輪で束ね、鎖を付けてスカートのベルト通しにくくり付けていた。母が動けば必ず、鎖と輪と鍵がぶつかり合うガチャガチャという音がした。磨き布が父の手の延長であったのと同じく、このガチャガチャもまた母の体の一部だった。

母は僕を眼科の医者にしたがっていた。私立中学への入学は、母にとって、どうしても外せない第一歩だった。眼医者さんなら血を見ることがないから、心の優しいお前にもきっと務まるよ、というのが彼女の理屈で、それを聞かされるたび僕は、世の中の大半の仕事は血液とは無縁ではないだろうか、と心の中でつぶやいていた。店に眼鏡を買いにくる客は、大方眼科からの処方箋を持っている。処方箋に従う側から、処方箋を書く側へ。そんな大転換を母は夢見ていたのかもしれない。

嫌な奴だと誤解されるのを恐れずに言えば、僕は入学試験を受ける前から、たぶん合格するだろうと思っていた。だから実際合格がはっきりした時も、あまりうれしくなかった。母が喜べば喜ぶほど、白けた気分になるばかりだった。

自信があったとか、競争相手たちを見下していたというのではない。ただ漠然と、根拠もなく、合格の予感がどこか高い場所から降りてくるのを、他人事のように感じていた。子供の頃はなぜかいろいろな事柄について、「分かる」と感じる場面が多かった。台風が近づいていた夏の終わりの夕暮れ、用もないのに店の二階から外を眺めていた時、お濠《ほり》へと続く川の支流に掛かる橋に目を留め、「あれは流されるな」と分かった。案の定、夜の間にその橋は押し流され、朝起きた時にはそこに橋が掛かっていた痕跡は何一つ残っていなかった。

似たような体験をいくつもした。行方不明になった隣の家のマルチーズがいつ戻ってくるかも分かったし、親戚のおばさんが昔ミス・ユニバース代表だったという噂が嘘なのも分かったし、城址公園の中にある茶店の店主が死ぬ日も分かった。

しかし、今になって振り返ってみれば、その頃の自分が実は何も分かっていなかったのだ、ということがよく分かる。僕は深く物事を考えていない、単なるぼんやりした子供に過ぎなかった。分かる、と思っていたことは全部、外の世界から発信されたものばかりで、自分の内から湧き出してきたものは何一つない。流される橋も、マルチーズの帰還も、おばさんの嘘も店主の死も、僕とは無関係な場所で、あらかじめ定められていた事実だった。宇宙からやって来る素粒子のように、そういうものたちが無数に降り注いでいる中で、たまたま数個が僕の中を通過しただけだった。それも僕があまりにもぼんやりとしていたからなのだ。僕の心が空っぽだったからこそ、素粒子たちは思う存分勢いよく、そこへ飛び込むことができたのだと思う。

実際、当時の僕の頭を占めていたのは野球と女の子、それでほとんどすべてだった。バットのヘッドスピードを上げるためにはどの筋肉を鍛えたらいいか、夏の大会までに背番号がもらえるか、クラスのあの子にどうやって話し掛けるか、について考えているだけで、あっという間に時間は去っていった。

正直、僕は親父の仕事を好きになれなかった。特に検眼鏡で客の目を覗き込んでいる時の姿が嫌だった。あんなにも他人に近寄って、目玉に光を当て、ぬるぬるした粘膜の奥の奥までじっと見つめるなんて、ちょっといやらしいんじゃないだろうか、と思っていた。機械のつまみを微調整したり、客の頭をそっと押さえたりする仕草もどこか妖しかったし、その間中ずっと客の目から視線を外さないでいるのも、ねちねちした感じがした。特に相手が若い女の場合、店と住居をつなぐ扉の奥に身を潜めながら、もし検眼以外の何かが起こったらどうすればいいのだろうか、と胸をどきどきさせていた。

一方で、あの検眼鏡の向こうに何が見えるのか、気になって仕方なかった。あれほどの熱心さで親父が覗いているもの、それを自分でも見てみたかった。クラスのあの子の目玉を覗いてみたい。丸椅子に座らせ、「瞬きしないで下さい」などと命令し、顎を固定させるために後頭部の髪の毛に触れたり、我慢できずに彼女が瞬きしてしまってもまだ、検査が終わっていない振りをしてじっとそのままでいたり、瞳の中に自分の身を浸しているような妄想を描いたりしてみたい……。

やはり僕は、何も考えていない愚かな子供だったと言わざるを得ない。


中学校は市内を南北に走る路面電車の終点から、川沿いの道を更に二十分も歩いた、町の外れにあった。朝、登校時間になると、制服姿の生徒たちが列をなして一本道を北へ北へと進んでいった。暗記カードをめくりながら歩いている子もいれば、英語の構文を暗唱している子もいた。向こう岸には製糸工場の煉瓦塀と煙突が続き、土手はススキや葦に覆われ、ずっと前方にはなだらかな山の連なりが見えた。

　僕が考えていたのは、この通学時間をどんな具合にして野球に生かすか、という問題だった。電車の中で爪先立ちをするのは当然として、二十分の道のりを効率よく活用するため、スポーツバッグと学生鞄の中に一個ずつ石を入れ、更に両足首には一キロのおもりを巻いて早足で歩くことにした。我ながらなかなかのアイデアに思えた。

　初めてその人に出会ったのは、入学式から二か月ほどが過ぎ、最初の定期テストが近づいて野球部の練習が休みになった、土曜日の午後だった。その人は、路面電車の終点と学校までの丁度中間あたりにある、通称イギリス山と呼ばれる丘のたもとで、縫いぐるみを売っていた。丘のてっぺんには、百年ほど前にイギリス人貿易商が住んでいた洋館とバラ園があり、一般に公開されていた。洋館に続く長い石段の登り口が、その人の居場所だった。

　当日が店開きだったのか、あるいはずっとそこにいたのに僕が気付かなかっただけなのかは判然としないが、その人は地面に白い布を敷き、四隅に石を置き、手作りと思われる縫いぐるみを並べていた。僕が最初に目を留めたのは四隅の石で、恐らく川原から拾ってきたらしいそれが、手首を鍛えるのに丁度いい大きさと丸みを持っていたからだった。そして程なく縫いぐるみに気付いたのだが、露天の商売なのだとすぐに理解した訳ではない。最初はガラクタを捨てに来たのか、そうでなければ頭がちょっとおかしい人なのだろうと思ってしまった。

その人は中学生の僕から見ればほとんど死んでいるにも等しい老人だった。痩せて背骨ばかりが目立ち、手入れの行き届かない白髪が羊の角のように額でウエーブし、指の関節はどれも不自然に折れ曲がっていた。チェック模様のネルのシャツは粗方色が剝げ落ち、だぶついたズボンはサスペンダーでどうにか引っ張り上げられている状態だった。

しかし縫いぐるみたちに比べれば、老人の姿はまだまともだと言えた。まず、その種類が普通ではなかった。油虫、オオアリクイ、百足《むかで》、蝙蝠《こうもり》、回虫、ツチブタ、ヒドラ、草履虫《ぞうりむし》……。なぜよりにもよってこんな可愛くないものを、と思うような縫いぐるみばかりだった。その上使われているのは、汗染みや食べこぼしの跡が残っていそうな使い古された生地で、縫い目は粗く、所々中の綿がはみ出している。尻尾や耳が曲がっていたり、口が裂けていたりするのは当たり前で、ツチブタなど四本の脚が全部ぶらぶらして今にも取れそうになっている。それでいてオオアリクイの細長い舌や草履虫の繊毛などは細かく作り込まれ、百足の足先一本一本にまで、ちゃんと綿が詰めてある。

中には正体がよく分からないのも、何個かあった。

「おじいさん、これは何?」

僕は毛羽立ったタオルをクルッと丸めたような物体を指差した。

「ヤマネだ」

余計なことは一言も喋りたくない、という口調で老人は答えた。

「ヤマネって、あのリスみたいなやつ？」

「ああ」

「どうしてこんなに丸いの？」

「冬眠中だ」

本当に眠っている動物を抱くように、僕はそれをそっと手に取ってみた。確かに裏返してよく見れば、それは単なるボールではなく、深く折り曲げられた頭が柔らかい腹に埋まり、脚は邪魔にならないよう隙間に納まり、尻尾は球体に沿ってきつく巻き付けられていた。納まりきれないひげだけが外に飛び出し、突くとピンピン跳ねた。

「何もわざわざ、寝ているヤマネにしなくたっていいのに……」

「ヤツは一年の内半分、冬眠しておる」

老人は小さな簡易折り畳み椅子に腰掛け、煙草を吸っていた。足元にはお金用と灰皿用、二個の空き缶が置いてあった。どちらも粉ミルクの空き缶だった。観光客らしい人が何人か石段を登っていったが、邪魔そうな顔をする人はいても、縫いぐるみに興味を示す人はいなかった。

「じゃあ、こっちはアルマジロ？」

僕はもう一回り大きい球体を抱き上げた。

「正解」

「やっぱりこいつも丸まっているんだね」

「人間が触ると、警戒してそうなる」

二等辺三角形の頭頂部と尻尾はジグソーパズルのようにぴったりと組み合わさり、背中には五角形模様のキルティング加工が施され、甲羅の雰囲気を出そうとする工夫がうかがえた。どこかを引っ張ると全身が現れるのではないかと思い試してみたが、ただ縫い目が伸びるだけだった。

「どうやったって、それはそのまんまだ」

老人は唇をすぼめて煙を吐き出した。時折間違えて、お金用の空き缶に灰を落としていた。硬貨が二、三枚、底に張り付いているのが見えた。

僕は次から次へと縫いぐるみを手に取ってみた。外見から予測されるとおり、どれも抱き心地がいいとは言いがたかった。布はごわごわしているか、チクチクしているかのどちらかだったし、中綿は締りがなくぶよぶよしていた。更に、余計な力を入れて手足を引き抜いたり縫い糸を切ったりしないよう注意する必要もあった。

その時ふと、丸まっていなくて顔を出している縫いぐるみは、全部目が片方しかないのに気付いた。縫い糸で玉結びにされているの、丸く刺繍されているの、ビーズやボタンが留められているの、色鉛筆で×印が書かれているの、と目にはいろいろな種類があった。しかしどれもこれも右目一個だけだった。油虫もツチブタも蝙蝠も、例外はなかった。縫いぐるみがどこか奇妙なのは、その種類や縫製の仕方だけでなく、目のせいではないだろうか、と僕は思った。

また一組おばさんのグループが石段を登ってゆき、見学を終えたらしい幾人かが、すれ違いに下りてきた。車が数台、背後を通り過ぎていった。製糸工場のサイレンが川の音と重なり合って渦を巻いていた。

「ねえ、どうして……」

そう口にした時、老人は煙草を踏み消しながら、初めて僕の方をじっと見つめた。老人の左目は駄目になっていた。

素人から見ても、それが機能を失っているのは明らかだった。白目は濁り、虹彩《こうさい》は失われ、代わりに黒目には何かもやもやとしたものが浮かんでいた。目やにが塊になって睫毛《まつげ》の間を塞ぎ、まぶたは引きつれ、一度瞬きをすると長く開かれないままだった。

言いかけた質問を飲み込み、僕は手にしていた縫いぐるみを下に置いた。最初の位置からずれているのはないか確かめ、きちんと列が揃うようにした。

「買わないのかい？」

老人は新しい煙草を探してズボンのポケットをまさぐった。

「ごめん。今日はお金、持ってないんだ。でも、また来るよ」

「ああ」

気のない声で、老人は言った。どうにかバランスを保っていたオオアリクイが、こらえきれないようにパタンと倒れた。

僕が老人に関心を抱いたのは、やはり目のことがあったからだろうか。しかしそれほど単純な話でもない気がする。もちろん親父の商売柄、他の人に比べれば目には敏感だったかもしれないが、だからと言って安易に同情を覚えた訳でも、ましてや家の店で眼鏡を誂《あつら》えてもらおうと企んだ訳でもない。それに順番からいけば、まず僕を捕らえたのは縫いぐるみだった。あの珍妙で不可解な、正統派にもアートにもなりきれない出来損ないの、奇形の縫いぐるみたち。彼らが僕の腕の中にぞろぞろと這い上ってきたのだ。うん、この子なら大丈夫そうだ、と勝手に彼らに見定められ、それを拒む術《すべ》が僕にはなかった。そんな感じだった。

また来る、と約束しながらなかなか老人の店とは出会えなかった。普段、野球部の練習を終えて帰る頃にはあたりは薄暗く、石段の脇に人影はなかった。イギリス山が閉館する夕方の五時に合わせて店じまいしているのかもしれなかった。クラスメイトに尋ねてみたこともあるのだが、なぜか皆、縫いぐるみを売っている老人など見かけたことはない、と答えるのだった。

ようやく再会できたのは、三週間後、練習試合が予定より早く終わった日曜の夕方だった。北から黒い雲が近づき、蒸し暑い風がイギリス山の木々をざわめかせていた。

「こんにちは」

「ああ」

僕のことを覚えているのかいないのか、老人は顔の右半分を斜めに傾けながら、無愛想にちらりとこちらを見上げただけだった。売れたとはとても思えないが、前回と比べ、いくつか縫いぐるみが入れ替わっていた。蝙蝠とアルマジロが姿を消し、代わりにイソギンチャクとヤマアラシが加わっていた。冬眠中のヤマネがまだ残っているのを見つけ、なぜかほっとした。僕はスポーツバッグとバットケースを足元に置いた。

「これは？」

全商品の中でも一段と異彩を放っている、本来の形が整う前に早産で誕生したような、あるいは焼け焦げて死に絶える間際のような縫いぐるみを、僕は指差した。

「疥癬で脱毛したアライグマ」

早口で老人は答えた。カイセンデダツモウシタアライグマ。これが一続きの名前だとしてもおかしくないほど、老人の口に馴染んでいた。そう言われてみれば、まだらに残った毛の張りのなさや、地肌に滲む血の跡や、乾ききってがさがさになった鼻の感じが、病気の深刻さをよく表していた。もちろん、ガラス玉の埋め込まれた目は、右側だけしかなかった。

「こっちは？」

もう一つの新顔は、胴体がゴツゴツしている割に脚が細く、首が長すぎて立つこともままならずに横倒しになっている一頭だった。

「ラクダとアルパカの混血」

ラクダトアルパカノコンケツ。これもまたよくこなれた一言になっていた。

「ラクダとアルパカ？」

思わず僕は問い直した。

「そうだ」

老人は皺くちゃになった煙草の箱から、震えがちな指先で一本を抜き取ろうとしていた。右目をより近づけるため、首は常に同じ角度に傾いていた。左目が見えなくなってから、かなり長い時間が過ぎているに違いないと、僕は思った。

「なぜそんな混血が……」

「時に、そういうことも起こり得る」

「本当に？」

「ああ。ついうっかり相手を間違える慌て者もいれば、種を超えて恋に落ちる純情者もいる」

「どっちが父親でどっちが母親？」

「ラクダが父でアルパカが母」

「そうか。アルパカがラクダの子を産むと、こうなるのか……」

僕はその混血児を抱き上げた。ラクダとアルパカ、両方の特徴を平等に受け継いでいた。二つの瘤《こぶ》は思いのほか硬く引き締まり、反対にたてがみはふわふわと頼りなく、黄土色のフエルトでできた唇は草を咀嚼している途中なのか、波打ってめくれていた。右目はどちらに似たのだろう。いずれにしてもボタンのそれは、黒々として丸く、太い木綿糸で何重にもぐるぐる留められているせいで、顔から浮き上がっているほどだった。こんな形で生まれ出てきたことに、彼自身びっくりしているかのようにも見えた。

閉館時間が近づき、イギリス山へ登る人の姿はなく、石段は木立の中でひっそりと息を殺していた。製糸工場の煙突から漏れる蒸気が、雲と一緒になって南へと流れてゆき、その更に上を鳶《とんび》が旋回していた。長い時間をかけ、老人はようやく煙草に火を点けた。折り畳み椅子がギシギシと軋《きし》んだ。

この曲《ま》がりくねった指と片方の目だけで縫いぐるみを作るのは、さぞかし骨が折れるだろう。針に糸を通したり、生地を裁断したり、綿を詰めたり耳や爪や触角を縫い付けたり、どれも煙草に火を点すよりずっと難しそうだ。縫いぐるみたちがどれも風変わりなのは、そういう表現を求めてのことなのか、あるいは体のせいで仕方なくなのか、どちらなんだろう。

さまざまな思いが湧き上がってきたが、僕は何一つ口には出さなかった。どういういきさつでこういう商売を始めたのか、若い頃は何をしていたのか、家はどこか、家族はいるのか、なぜ左目が見えなくなったのか。今から考えればいくらでも聞きたいことはあったはずなのに、何の質問もしなかった。

やはり僕は何も考えていなかったのだ。目の前にいる老人にも過去があり事情があるなどとは思いもせず、生まれた時からずっと石段の一部のようになって縫いぐるみを売っている人なのだろうと、ぼんやり信じ込んでいた。あの頃の僕はただ、訳も分からず縫いぐるみを見つめるばかりだった。

「これ、まだ売れてないんだね」

僕はどうしても気になる冬眠中のヤマネに手を伸ばした。埃を吸い込んで前より幾分黒ずんでいたが、他の動物たちに比べ、その丸い形はとても素直で安心できた。

「うん、そうだ」

唇に張り付いた煙草の粉を摘《つま》み取りながら、老人は言った。どうにかすれば腹に埋まったヤマネの表情が見られるのではないかと、縫い目の隙間から覗き込んでみたが駄目だった。

「これ、いくら？」

「値段か？　ええっと……ちょっと待てよ……」

老人は煙草をくわえたままヤマネを片手でつかみ、一段と深く首を傾け、その球体をクルクル回転させつつ右目に近づけた。

「確かどこかに値段を書いておいたはずなんだが……」

その間左目はどろんとしたまま関係のない方を向いていた。

「いや、別にいくらだっていいんだけど……」

煙草の火がヤマネに燃え移るのではないか、と僕は気が気ではなかった。

「そう焦るな。値札が尻尾の内側に入り込んだのかもしれん」

老人は僕がやったのと同じように縫い目を爪で押し開いた。ヤマネと右目はますます接近し、ほとんどその球体を目の奥に押し込めているかのような格好になった。

その時、一段と生ぬるい風が吹き抜け、石段の落ち葉が舞い上がり、バラバラ音を立てて雨が降り出した。

「おじいさん雨だよ」

僕は慌てて大きな声を出した。

「縫いぐるみが濡れちゃうよ」

「おお、そうか」

老人はヤマネを下に置き、四隅の石をどけ、白い布で大雑把に縫いぐるみたちをくるむと、それを首の後ろにくくり付けた。

「じゃあ、またな」

「傘は？」

「そんなもの、持ってはおらん」

老人は煙草を粉ミルクの空き缶に投げ捨て、折り畳み椅子を石段の後ろに隠し、土手沿いの道を北へ向かって歩いていった。

「あっ、お金を忘れて……」

そう言い掛けて僕はもう一つの空き缶を覗いたが、そこには一枚の小銭も入っていなかった。

あっという間に雨はあたりを覆い尽くしていた。せっかく布で包んでも、あれではやっぱり縫いぐるみたちは濡れてしまうだろう。遠ざかってゆく老人の背中を見やりながら、僕は思った。疥癬のアライグマの脚か混血児の首か、何かが包みの縁からはみ出し、ぶらぶら揺れていた。老人の後ろ姿は出来損ないのサンタクロースのようだった。その出来損ない振りが、縫いぐるみたちと一緒だった。心もとないほどに痩せて、右側に傾いた背中は、やがて雨に紛れて見えなくなった。

結局、三度めに会った時が最後になった。七月の終わり、梅雨が明けてすぐの暑い日曜日だった。

路面電車を降り、イギリス山が見えはじめてすぐ、様子が普段と違うのに気付いた。石段のあたりに人だかりがし、ひどくざわついていた。咄嗟《とっさ》に、老人に何かあったのではという嫌な予感がして僕は駆け出した。

大きな声を上げる人、機材を組み立てる人、やたらと動き回る人、見物する人、とにかく大勢の人々が入り乱れる中をかき分け、老人の姿を探すと、彼はいつもの場所で、騒々しさの渦とは無関係に店開きしていた。四隅の石も縫いぐるみたちも粉ミルクの空き缶も同じだった。老人の無事と、冬眠中のヤマネがやはり売れ残っているのを確かめ、僕は安堵した。

「ねえ、一体何の騒ぎ？」

「知らん」

老人は一切興味がなさそうだった。

「これだけ人が集まっていたら、売れるかもしれないよ、縫いぐるみ」

「さあ、どうだか」

その時、一人の男が僕の肩を叩いた。

「ねえ、君」

不躾で馴れ馴れしい感じの若い男だった。

「時間ある？」

「えっ……」

僕が戸惑っていると男は早口にまくし立てた。

「ちょっと付き合ってくれないかなあ。予定してた参加者が急に来られなくなって困ってるんだ。やっぱり画面一杯に人が映っていないと、絵にならないから。いや、別に難しいことじゃない。実に単純。石段を駆け上がるだけの競走だよ」

「石段を？」

「そう。おじいちゃんをおんぶして」

「僕のおじいちゃんはもう、ずっと以前に……」

「ここにいるじゃない」

男は老人を指差した。マッチをすろうとしていた老人は手を止め、ぐるりと首をひねって右目で男を見上げた。

いいえ、違います。この人は僕のおじいさんではありません。それに僕はこれから野球の試合があって、ゆっくりしている時間はないんです、と説明する暇も与えられないまま、僕と老人は追い立てられ、群集の中に引っ張り込まれた。

「とにかくね、おじいちゃんを背負って、よーいドンの合図で石段をてっぺんまで。それだけのことだから。頼むよ、お願い」

確かに年寄りを背負った若者が数組、石段の下で準備し、その周りをテレビ局のカメラやレポーターや新聞記者や野次馬が取り囲んでいた。『イギリス山サマーフェスティバル』と書かれた横断幕も目に入った。いろいろな人の手に押され、否応なく僕はスタートラインに立たされていた。そして気付いた時には、背中に老人が載っていた。

すべてが終わってから判明したことなのだが、その日は地元のテレビ局が主催し、イギリス山で夏祭りのイベントが行われており、僕と老人が参加させられたのは、〝祖父母孝行石段登り競走〟というものだった。他にもバラ園には屋台が並び、貿易商の洋館では弦楽四重奏の演奏会が開かれ、夜になると盆踊りや肝試し大会が執り行われたようだが、もちろんその時の僕たちは状況の全体像など何もつかめていなかった。

はっきりしていたのは、これが競争であるという一点のみだった。自らが望んだ訳ではないにしても、競争であるならば、全力を出さなければならない。ざっと見たところ競争相手は自分より年上のたくましい男たちばかりであり、準備運動をする時間も与えられなかったハンディを考えれば、尚のこと簡単には引き下がれない。勝ちにいくのだ。短い時間に、僕はそう決意していた。

「おじいさん、いい？」

背中に向かって僕は気合を入れた。

「よっしゃ」

すぐ耳元で老人の声が聞こえた。その声の響きが消えるか消えないかのうちに、スタートのピストルが鳴った。

僕は一心に石段を駆け登った。なぜ自分はこんなことをする羽目に陥ったのだろう、練習試合の集合時間に間に合うだろうか、などという余計なことは考えなかった。ライバルたちの方も見なかった。僕の意識を占めているのはただ、目の前の石段と、背中から伝わってくる老人の感触だけだった。

老人は温かかった。骨がゴツゴツしていたけれど、それが僕の体の窪みに上手くはまって納まりがよかった。冬眠中のヤマネの頭と尻尾が、腹の内側でぴったり寄り添い合うのに似て、どこにも無駄な隙間がなかった。首に回された腕も、脇の下から伸びる両足も、バランスを乱さないようにじっと縮こまり、それでいてお尻は、僕の体の振動に素直に身を任せていた。

予想より石段はずっと急で長かった。絶え間なく蟬の鳴き声が渦巻き、足元には木漏れ日が一杯に広がっていた。下のざわめきが遠ざかるにつれ、空がぐんぐん近づいて見えた。一片の雲さえないのに、あまりにも強い日差しのせいで、白っぽく煙ったように見える空だった。

体中の痛みと胸の苦しさは高まる一方だったが、辛くはなかった。バットのヘッドスピードを上げるために鍛錬した筋肉たちが、老人を背負い石段を駆け上がるために懸命に役目を果そうとしている様が、目に浮かんでくるようだった。荒くなってゆく呼吸と老人の息、僕の汗と老人の汗、石段を蹴る靴と宙に揺れる足、それらがすべて一つに重なり合い、もはや区別などできなくなっていた。

自分と老人の輪郭は今、つなぎ目なく一つにつながり合っている、と僕は感じた。背中にいる、名前も素性も知らない他人が自分の一部になり、自分もまたその他人に含まれている。そのことが分かった。

それが生涯で初めて、僕が本当に何かを分かった瞬間だった。外の世界であらかじめ用意されていた決定事項が偶然飛び込んできたのではなく、自分の心が本当のことを生み出した瞬間だった。最後の石段が、僕たちのすぐ目の前にまで近づいていた。

結局僕たちは何位だったのだろう。そんなことはもう忘れてしまった。最後の石段を登りきったところで、皆バタバタと崩れ落ち、もはや誰が誰の背中に載っていたのかさえ判然としない状態になってしまったが、老人だけはゴールしたあとも尚僕の背中にしがみついていた。ようやく皆の息が整い、バラ園の中央広場で上位チームに賞品が授与される頃になってもまだ、僕たちはそのままだった。油断をするな、レースは続いているのだと信じているかのように、老人はいつまでも僕の背中から離れようとしなかった。ふと自分の足首を見た時、一キロのおもりを巻いたままだったのに気付いた。僕たちに賞品は出なかった。


「ひどいね」

「まあ、こんなもんさ」

僕と老人は、野次馬たちが蹴散らした縫いぐるみを一緒に拾い集め、ひっくり返った粉ミルクの空き缶を二つ、元に戻した。靴跡で汚れた白い布は、いくら払ってもきれいにならなかった。

「なくなったのはない?」

「ああ。全部ある」

僕たちは一個一個縫いぐるみを並べ直した。どれも列をはみ出さないよう、注意深く位置を定めた。

「これを、礼に……」

不意に老人が冬眠中のヤマネを差し出した。

「お前にやりたいんだ」

「お礼を言われるようなこと、僕、何もしてないよ」

「俺をおぶってくれたじゃないか」

「それは……」

「この俺を、その小さな背中に……」

老人が泣いているのに気付き、僕は驚いた。どうしていいか戸惑い、自分まで泣きそうになった。

「いいんだよ。そんなに言ってくれなくて」

僕は老人の腕をさすりながら顔を覗き込んだ。右目からも左目からも等しく涙が流れていた。

「泣かないで。お願いだから」

老人の目から涙がこぼれ落ちるのを、僕はじっと見つめていた。検眼鏡を覗く親父のように、息を静め、そっと瞳に近づき、この上もなく大事なものを目の前にした気持で、老人の目を見守った。

「だからヤマネをお前に……」

「うん、分かったよ」

すっかり黒ずんだ丸い塊を僕は受け取った。

「ありがとう」

それがその日、僕が獲得した賞品だった。以来、冬眠中のヤマネの縫いぐるみはずっと僕のそばにあった。高校を卒業するまではバットケースの中に、大学受験の時はお守りと一緒にポケットの中に、アパート暮らしの時はキーホルダーにあった。磨き布が親父の一部であり、鍵の音が母の一部であったのと同じく、この縫いぐるみが僕の一部だった。

僕は眼科医になった。もちろん、母が望んだからではない。そうするべきだと、自分で分かったからだ。


（医科大学眼科学教室講師・三十四歳・男性／国際学会出席の帰路）

第五夜　コンソメスープ名人

その日、なぜ僕が一人で留守番をすることになったのか、いきさつについてはすっかり忘れてしまいました。父の経営していた工場で突発的な事故が起こり、急遽母が手伝いに駆けつけなければならなかったのか、親戚に不幸でもあったのか、いずれにしてもそれまで、子供を一人残して出掛けるような習慣はない両親でしたから、きっと止むに止まれぬ事情があったのでしょう。

「呼び鈴が鳴っても、絶対に玄関を開けちゃいけません」

母は同じことを何度も繰り返しました。

「ごめん下さい、と言われても、返事をしては駄目。黙って、知らんぷりをするの。いい？」

母の真剣な様子に気圧されながら、僕はうなずきました。

「でも、電話が鳴った時は、ちゃんと受話器を取るの。一時間おきに、ママが電話をして、変わったことがないかどうか確かめるから」

母はパウダーの匂いがしました。鏡台の前に置かれている、丸く平たい容器に入った、いい匂いのする乳白色のパウダーです。

「玄関を開けない。知らんぷりをする。電話は取る」

僕は注意事項を復唱しました。八歳の僕にとって、どれも簡単な約束でした。難しいことなど、何もありません。

「そう、いい子。お利口ないい子」

普段より念入りに母は僕の頭を撫でました。母の額に広がるパウダーが、一粒一粒きれいに光って見えました。

季節は秋の終わり。時刻は午後の三時頃だったと思います。


彼女がやって来たのは、母が掛けた鍵音の名残りと門の外へ遠ざかってゆく足音が消え、家中が静けさに包まれたほんの一瞬あとでした。まるでどこかに隠れ、こっそり家の中を覗き見していたかのような絶妙のタイミングでした。

「コンコン」

鳴ったのは庭に面した縁側のガラス戸です。そして僕は気付いた時、

「はい」

と返事をしていました。

この時点で実にあっさり、母との約束は破られてしまったわけですが、もちろん僕にも言い分はあります。母が開けてはならないと念押ししたのはあくまでも玄関であり、縁側のガラス戸については別に注意はありませんでした。更に僕が返事をしたのは、ごめん下さいの呼び掛けではなく、コンコンというガラスの震える音です。桟《さん》の軋《きし》みと重なり合ったその音はあまりにもか細く、つい応答してあげたい気持にさせる、どこか寂しげな響きを帯びていました。

「突然にお邪魔して、誠に申し訳ございません」

庭に立ったその人は、十本の指を胸の前でいろいろな形に組んだり解いたりしながら言いました。

「どうしても一つ、お願いしたいことがございまして、失礼を顧みず参りました。隣の家の娘でございます」

「隣の娘さん……」

　と、僕はつぶやきました。

　その人は痩せて顔色が冴えず、忙しく動く指と、それが作り出す形に注がれたままの視線のせいで、ひどくおどおどして見えました。突き出た頬骨の影が目元を覆い、尖った顎と薄い唇がいっそう印象を貧相なものにしていました。毛玉だらけのカーディガンを羽織り、膝の弛《たる》んだ灰色のズボンを穿き、足元は分厚いソックスにサンダル姿です。生え際に白髪の目立つ髪はただ真っ直ぐ無造作に伸ばされ、両耳と肩甲骨を覆い隠しています。

「今、ママはいないんですけど……」

　本当にこの人は自分に向かって語り掛けているのかどうか、自信が持てないまま僕は答えました。視線は一度もこちらに向けられませんでしたし、八歳の子供に対して言うには、明らかに丁寧すぎる言葉遣いだったからです。

「お母様がいらっしゃらなくてもよろしいのです。できればあなたに、お願いしたいのです」

　彼女はいっそう小さく背中を丸めました。背中の髪がサワサワと音を立てながら肩先から身体の前へと垂れ下がってきます。

「はい、何でしょうか」

　つられて僕も、丁寧な喋り方になっていました。

「三時間ばかり、お宅のお台所を貸していただけませんでしょうか」

　いっそう複雑な形に指を組み合わせ、しばらく間を取ったあと、彼女は言いました。ようやく言うべきことが口にできて安堵した、という様子で唇をすぼめ、長い息を吐き出しました。

「はい、どうぞ」

　そう言って了承した時、迷いはありませんでした。子供ながらにも、彼女が悪事を働く人にはとても見えなかったからです。ガフスの震えに返事をしてしまった時点で約束が破られたのだとしたら、もう後戻りはできない、行けるところまで行ってしまえ、という妙に大らかな気分に陥っていたのかもしれません。それに僕は、〝隣の娘さん〟についてまんざら知らないわけでもなかったのです。

「どうも、恐れ入ります」

　ようやく彼女は指による造形活動を休止し、カーディガンの毛玉をむしりだしました。結局一度も、僕に視線が注がれることはありませんでした。

こうして留守番の一日がスタートしました。留守番のいきさつは忘れてしまっても、その間に起こった出来事は、今でも一つ残らず覚えています。

僕たち一家の住んでいた家は、とある有名な銀行家一族が避暑のために所有していた別荘の一部でした。没落した一族が売りに出した別荘の、附属のゲストハウスを父が購入し、立派な本体の方は、法学博士である大学教授の家族が購入しました。元々が一つの敷地であったために、お隣との境はゆるやかで、一応ミモザの木などが生垣《いけがき》代わりに植えられているものの、隙間からいくらでも行き来できるような具合になっていました。もっとも大学教授一家は皆、人見知りの物静かな人々ばかりであったらしく、生垣を通って互いの家を自由に往来するような近所づきあいは成立しなかったようです。そのうえ、僕が物心ついた頃には既に教授は亡くなり、子供たちの幾人かも独立し、残っているのは老いた奥さんと娘さんの二人だけでしたから、お隣はいっそうしんとした気配に包まれていました。

庭で遊んでいる時、生垣越しに奥さんの姿は何度か見掛けたことがあります。いつも日当たりのいい芝生の真ん中に車椅子を止め、一人で座っています。あたりには誰もいません。

触り心地のよさそうなひざ掛けと、つばの広い帽子、手には一冊の本。けれどその本のページがめくられることは一度もありませんでした。帽子のせいで表情は見えませんが、たぶん眠っていたのでしょう。シルエットだけからでも、奥さんの老衰がかなり進んでいるのはよく分かりました。爪先か指先か、おばあさんの身体がどこか動くまで、ここでじっと見ていてやろう、と幾度となく決心するのですが、いつも途中で挫折してしまいます。どんなに頑張って目を凝らそうと、帽子からはみ出した髪の毛一本、動きはしません。こんなにも長い間、動かずにいられる人間などいるだろうか。僕は不思議でした。そしてふと、思い当たったのです。あの人はもう、死んでいるのだ、と。

僕はテレビで見たミイラを思い出しました。どこか遠い国の偉い王様が、王冠を被り、錦のマントを羽織り、宝石で飾られた立派な剣を手にしたままミイラになっていました。空洞の目、何かを叫ぼうとして叶わず開かれたままになった口、その奥の薄暗がりに並ぶ歯、今にも崩れ落ちそうになる寸前をどうにか健気《けなげ》に持ちこたえている骨々、マントの繊維と見分けがつかなくなった皮膚の残骸。そうしたものたちが、あの帽子の下、ひざ掛けの下に隠れているに違いない……。

次の瞬間、我慢できずに僕は生垣の前から走り去っていました。おばあさんの動く瞬間を捕らえようなどという最初の決心はたちまち崩れ、もうおばあさんのことは忘れた方がいい、と自分に言い聞かせているのでした。ところが、日が暮れる時分になるとまた、生垣の向こうが気になりはじめます。おばあさんの死体がどうなったか、それを確かめないままではとても眠れそうにありません。夕飯の支度に忙しい母の目を盗んで僕はこっそり生垣の隙間に目を凝らします。

おばあさんはいません。車椅子もひざ掛けも本も、すべてが姿を消しています。芝生に車輪の窪みが残っているだけです。それも間もなく、夕闇に包まれようとしています。おばあさんは葬られたのだと、僕は悟ります。

二、三週間のち、葬られたはずのおばあさんが再び全く同じ格好で姿を現します。本当に前回と同じ人物かどうか、注意深く観察しますが、間違いはありません。おばあさんに関して僕は、肩の傾き加減からひざ掛けの房飾りの本数に至るまで、把握していたのですから。

こんな出会いを何度か繰り返すうち、ようやく僕は一つの結論に到達しました。おばあさんは死んでいるのではない。ああして日光に当たって、少しずつミイラになろうとしているのだ。死ぬ途中にいるのだ。

我ながらこれは見事な考えだと思いました。王冠の代わりに帽子、マントの代わりにひざ掛け、剣の代わりに本。小道具は全部揃っています。光を遮るもののない芝生なら、さぞかしどんどん身体は干からびてゆくでしょう。ミイラのおばあさんは怖いけれど、ミイラになる途中のおばあさんなら、怖くない気がしました。僕は自分の出した結論に満足でした。

そのおばあさんに娘がいることは、折々の両親の会話から知っていました。おばあさんが自分で車椅子を押せるとはとても思えませんから、たぶん芝生への出入りの時には娘さんが手助けしていたのでしょうが、なぜか姿を見かけたことは一度もありませんでした。

「そういえば、この間、隣の娘さんが……」

我家の食卓に彼女の話題が上る時、両親の口調は微妙なものに変化します。噂話に興じるほどの気楽さはなく、議論するというほど論理的でもなく、もちろん悪口を言う時のような愚劣さはありません。二人は一段声のトーンを落とし、目元を曇らせ、ため息をついたり力なく首を振ったりします。そこには秘密と不穏と同情が複雑に入り混じっていました。

子供が立ち入る種類の話でないのは薄々感じていましたので、僕はできるだけ知らんぷりを装うようにしていました。それでも途切れ途切れに、発作、救急車、転地療養、人事不省、妄想……などという単語が聞こえてくるのを防ぐ手立てはありません。隣の娘さんに関して交わされる言葉はどれも耳に馴染みがなく、どこか胸騒ぎを催させる響きがありました。

身体が弱く、学校を途中でやめ、お勤めもできず、お母さんと二人でひっそり暮らしている娘さん。それが、僕の知っている彼女でした。

ですから、秘密のベールに包まれていた娘さんが目の前に現れ出た戸惑いは、留守番の静寂が破られた驚きよりも大きいものがありました。彼女は、娘さんという言葉からはほど遠く、車椅子のおばあさんよりは多少若いという程度に過ぎませんでした。確かに身体は弱々しそうでしたが、色白ではかなげな病弱のイメージとは異なり、むしろくすんで、どんよりして見えました。

娘さんの説明によると、台所のガスレンジが故障し、大変に困っている。年老いた母親は食欲が落ち、今や自分の作ったコンソメスープしか口にしない。缶詰やインスタントのスープを試してみたところ、一口も飲み込もうとしない。そこでできれば、お宅の台所でコンソメスープを作らせてもらえないだろうか。もちろん材料や鍋は自宅から持ってくるので、お宅には一切ご迷惑はお掛けしない。丁寧すぎる言葉で長々と続く説明を僕なりに要約すれば、つまり以上のような事情なのでした。

「母が、死にそうなんです」

と、娘さんは何度も繰り返しました。思わず、「はい、知っています」と答えそうになり、僕は慌てて言葉を飲み込みました。


ホウロウの寸胴鍋《ずんどうなべ》二つ、木べら、お玉、ガラスの広口瓶、包丁、まな板、布巾、バット、温度計、牛肉の塊、玉ねぎ、人参、セロリ、パセリの軸、卵、昆布、ドライマッシュルーム、月桂樹の葉、粒胡椒《つぶこしょう》、岩塩。

何往復もして彼女が家の台所に運び入れたのは、ざっとこんなものたちです。彼女は両腕に一杯の荷物を抱えたまま、息も切らさず、黙々と芝生を横切り、ミモザの隙間を通り抜けました。手伝いましょうか、と言うほどの気も回らず、僕はただ縁側にたたずみ、到着する品々にいちいち驚くばかりでした。おばあさんが飲むスープを作るのに、これほど大量の道具や食材が必要だとは、思ってもいませんでした。

調理道具はどれもデザインが洒落ていて、普段母が使っている台所用品とは比べものになりません。ホウロウの白色は清潔感にあふれ、広口瓶の赤い蓋は愛らしく、木べらの先端は優美なカーブを描いています。それでいてすべてが新品というわけではなく、小さな傷やへこみといった跡が、使い手の体温をとどめ、彼らにより親しみ深い雰囲気を与えています。

しかし何より僕を一番驚かせたのは、牛肉の塊です。あれはたぶん、すね肉だったのでしょう。彼女の貧弱さとは不釣合いに、バットに横たわるそれは血の色も瑞々しく、ずっしり精気が詰まっているような重量感にあふれ、更にはしっとりと艶っぽくさえありました。彼女のくすんだ顔色と比べると、どちらが生きていてどちらが死んでいるのか、分からなくなるほどでした。

「では、ただいまよりお台所、拝借させていただきます」

隣の娘さんはそう言って深々とお辞儀をし、エプロンの紐を結びました。

蝶々結びの中心がきゅっと引き絞られた瞬間、それが何かの合図であったかのように彼女の雰囲気は一変しました。目元を覆っていた影は、もはや陰気さではなく真剣さをかもし出しており、おどおどして見えた視線は必要な一点に定まり、伸び放題の髪は潔く輪ゴムで一つに束ねられています。胸の前で無意味な形に組み合わされていた十本の指は、今やコンソメスープ作りという目的のためにテキパキと働いています。

僕は食卓に腰掛け、彼女の様子をじっと見つめていました。隣の娘さんがやって来て、コンソメスープを作ろうとしているのです。見慣れない人が一人立っているだけで、いつもの台所がたちまち特別な風景になっているのです。それを見学しないで他に何をするというのでしょう。

正直、その時点で、コンソメスープとは何なのか、よく分かってはいませんでした。少なくとも母のレパートリーにはそれは含まれておらず、果たして家の台所でそんなハイカラなものが作り出せるのかどうか、少し心配でもありました。

まず彼女は持ち込んだ道具や材料を適切な位置に並べてゆきます。台所は狭いうえに母がきちんと整頓をしていないせいで、トンカツソースの瓶が出しっぱなしになっていたり、台布巾が食卓の隅で丸まっていたりしましたが、彼女は我家の物には何一つ手を触れず、空いたスペースだけを上手に使って最も効率のいい配置を施しました。

いよいよ牛肉の登場です。彼女の痩せた指につかまれると、いっそうその活力が際立ちます。彼女はそれをまな板の真ん中に載せ、一度表面を撫でたあと、ゆっくり包丁を当てて脂肪をそぎ落としてゆきます。すると不思議なことにたちまち肉の塊はすうっと力を抜き、息を静め、そのか細い指たちに身を任せます。指たちは繊維の奥に隠れたどんなわずかな脂肪も見逃しません。肉は少しずつ深い昏睡に陥りはじめます。その一番底まで落ちた時、塊は端から順に、ミンチ状に切り刻まれてゆきます。

恐らく何度も同じ作業を繰り返し、ゆるぎない手順が確立されているのでしょう。包丁の動きに迷いはなく、力の入れ加減、刃の角度、上下動のリズム、右手と左手の連携、何を取ってもすべてが洗練され、一続きの完全な波動を生み出しています。うっとりしてつい身を任せてみないではいられない、心地よい波のうねりです。

隣の娘さんは手を休めるということをしません。呼吸でさえしているのかどうか、不安なほどです。とにかく一旦スタートを切ったからには、一キロはあろうかと思われる塊を全部片付けてしまうまで、一息に走り抜けなければならない。彼女の丸まった背中には、そんな決意がみなぎっているようでした。

塊はすべてミンチになりました。形状が変化しただけで、肉の様子はすっかり違っています。荒々しい精気は内に閉じ込められ、逆に血の匂いは拡散し、鮮やかな赤色は落ち着いた茜色に沈んでいます。彼女の手に掛かり、肉は黙想する修道者のようにまな板に横たわっているのです。

思わず僕はため息をつき、椅子をガタンと鳴らしました。しかしそんな雑音は作業の流れにいささかの影響も与えません。引き続き休む間もなく玉ねぎ、人参、セロリが皮をむかれ、薄切りにされてゆきます。白、赤、薄緑をした、二ミリあるかないかの薄い破片が、行儀よく連なります。

彼女の額にはうっすら汗がにじんでいますが、疲れた様子はありません。冷たく干からびていた指は食材たちの水分を含んでふっくらとし、唇は引き締まり、靴下は自在に床を滑ります。カーディガンの毛玉はエプロンの下に隠れ、そのエプロンに飛び散る水の跡は、生き生きとした模様になっています。

母も同じように毎日台所に立って料理を作りますが、それと、隣の娘さんがやっているのが、同じ種類の仕事だとはどうしても思えませんでした。上手下手の問題ではありません。母だって僕の誕生日には、ゆで卵入りミートローフと苺のデコレーションケーキを手作りしてくれるほどの料理好きです。けれど隣の娘さんが目の前で繰り広げているのは、料理と呼ばれる言葉ではくくれない営みなのです。もっと切実で、深遠で、厳《おごそ》かでありながらどこか物柔らかく、寛大でもある……。あえてたとえるなら、祈りに似ていたかもしれません。しかしもちろん、当時の僕はわけも分からず、ただ陶然とコンソメスープが出来上がってゆく過程を眺めているだけなのでした。

とその時、電話が鳴りました。彼女がぴくりとも反応せず、野菜を刻むリズムをいささかも乱さなかったために、しばらくそのことに気付かないくらいでした。僕はテーブルから離れ、受話器を取りました。

「ママよ。どう？　大丈夫？」

公衆電話から掛けているらしく、雑音にまみれた母の声は、随分遠くに聞こえました。

「何か変わったことはない？」

「うん、大丈夫。何もないよ」

と、僕は答えました。

次に起こった展開は意外なものでした。ホウロウ鍋に刻んだ肉、野菜、粒胡椒、塩、更には卵白を入れ、腕を突っ込み、こねはじめたのです。邪魔にならないよう注意して僕は流し台の脇に立ちました。

それまでの刻み作業が微妙な手首の運動とリズムによって成り立っていたとすれば、今度のは全身を使っての力技でした。この華奢な人のどこにこれだけの力が隠れていたのか、と驚くばかりの勢いです。彼女は上半身をねじり、鍋の底へと右腕を沈めると、中身を大きく攪拌《かくはん》します。同時に掌《てのひら》を開いたり握ったりしながら練り合わせます。あっという間に野菜も卵白も肉の間に飲み込まれ、元の形や色を失ってゆきます。それ自体生きているもののように、タネが指の間からムクムクと盛り上がり、すぐにまた形を変え、大きな一塊となります。左手は鍋の縁をしっかりと固定し、両足はより多くの力が腕に伝わるよう、踏ん張ってバランスを保っています。刻々と移り変わる鍋の中の様子を見逃すまいとして、彼女の両目は瞬きさえ忘れたかのようです。

「あの……」

こらえきれずに僕は声を掛けてしまいました。

本当にこれがコンソメスープになるのか、ハンバーグの間違いではないのか、心配になったからです。しかし僕の声は、鍋の底から盛り上がってくるグシュッ、グシュッという音に紛れ、彼女の耳には届きませんでした。

「あの……」

どれくらいの時間、彼女はこね続けていたでしょうか。額の汗はいつしか雫《しずく》になり、こめかみを伝って流れています。鍋底をなぞりながら一段と大きく腕が一回転した時、作業はまた一つの段階を越えたようです。彼女はそこへ水を注ぎ入れました。手についたタネも無駄にしないよう、こそげ落とします。これで良し、というところまで水が到達すると、鍋をガスレンジに載せ、パセリの軸、昆布、ドライマッシュルーム、月桂樹の葉を浮かべ、火を点けました。とても軽やかな手つきです。力仕事が一段落して、ほっとしたのかもしれません。ガスのつまみを回す仕草も、手馴れたレンジを使っているかのようにこなれています。僕もまた、ハンバーグの疑惑が晴れてすっきりした気分です。

「さて」

ようやく隣の娘さんは口を開きました。右の手首から先だけが熱を帯びて赤らみ、爪が脂で白っぽく濡れています。

「あとは、煮るだけですか?」

「いいえ」

彼女は首を横に振り、木べらを手にしました。丁度指が当たるところだけ、持ち手が滑らかに黒味がかっています。

「これから、最も重要な展開を迎えます」

彼女の口調にはどこか緊張感さえ漂っています。

「勝手ばかり言って心苦しいのですが、実はあなたにお手伝いをお願いしたいのです。そうしていただけると、大変に助かります。いかがでしょうか」

「はい、もちろん」

僕は元気よく返事をしました。

「ありがとうございます。では、これをお持ちになり、鍋の真ん中に刺しておいて下さい」

そう言って手渡されたのは温度計です。

「はい、できます。簡単です。僕、もう八歳ですから」

コンソメスープの製作というこの不可思議な作業に自分も参加できるのがうれしくてならず、僕は勢い込んで踏み台をレンジの脇まで引きずってゆき、その上に立つと、言われたとおり温度計の先を鍋の真ん中に突き刺しました。場所を譲るかのように月桂樹の葉が半回転します。熱の回っていない鍋は静かで、変化の起こる気配はまだありません。

「澄んだスープを作るのに何より大切なのは温度なのです。これを失敗すると、取り返しがつきません」

僕はうなずき、温度計を握る手に力を込めました。隣で彼女は木べらを沈め、ゆっくりとかき混ぜてゆきます。その動きに合わせて対流が起こり、タネはうねり、縁には泡が湧き出します。木べらが鍋の底にぶつかる音が、渦の底から伝わってきます。彼女は時折、温度計の目盛りに視線を送りつつ、木べらの動きが一定のスピードを保つように注意を払っています。目盛りが彼女の方を向くよう、僕は温度計の向きに気を配ります。僕と隣の娘さんは、肩を寄せ合い、一つの鍋を見つめ合っています。家中で何か音を発しているのは、ガスレンジの上だけです。

彼女が手を止めたのは、温度計が七十五度になった時でした。僕と彼女は同時に、温度計と木べらを引き揚げました。

その時点で鍋の中は大変な惨状を呈しており、高揚した僕の気分は再び低下しはじめていました。とにかく、それが人の口に入るものだとはとても思えなかったのです。周辺部では白く濁った泡がふつふつと不気味な輪を形成し、中央部では黄土色をした残飯の汁のようなものが皺だらけの膜となって、いかにも苦しげにうごめいています。膜の真ん中にはさっきまで刺さっていた温度計の穴が、開いたままになっています。その穴から覗いて見える薄暗がりがまた気味悪く、鼠の死骸を煮ていてもおかしくない様相です。匂いにしても、どこかもわもわとしてはっきりしません。しかしすべて計算どおりなのでしょうか、彼女に動揺の色は見られず、中腰になって微妙な火の加減を調整する横顔は真剣そのものです。

ふと僕は、このコンソメスープを飲むのはミイラになりかけのあのおばあさんである、という事実に改めて思い至りました。確かにミイラが飲むには相応しい色合いと形状かもしれません。芝生でたっぷりと日光を浴びたあとこれをすすれば、身体の腐敗はいっそう促進されるでしょう。それならば、隣の娘さんが単なる料理をしているとは思えない集中力を発揮するのも、分かる気がします。

僕はそっと縁側の向こうに茂るミモザに目をやりましたが、台所から芝生は見えません。いつしか日はかげり、日光浴をするにはもう遅すぎる時刻です。

単なるスープではなく、ミイラになるための飲み物を作る。その手助けを自分がする。そう考えた途端、再び気力が盛り上がってくるのを感じました。一筋縄ではいかない複雑な使命を帯びたかのような気分でした。

「これで、いいでしょう」

火加減が定まったようです。鍋の中のうごめきは、黄土色の膜が破れず、縁の泡と混ざり合わない絶妙な程度で安定しています。

「もう、かき混ぜなくていいんですか？」

「ここから先は、絶対に混ぜてはいけないのです」

絶対に、というところに力を込めて彼女は言いました。

「了解」

と、僕は答えました。当時、毎週楽しみに見ていたテレビアニメの主人公の口癖を、真似したのです。

僕たちは二人、食卓に並んで腰を下ろしました。台所には電気が点り、用の済んだ道具は洗われて伏せられ、野菜の皮や屑は一まとめにされています。彼女の両手はビニールのテーブルクロスの上で静かに休んでいます。触れるときっと冷たいんだろうなあ、と思わせる手です。

僕たちは何の話もしませんでした。「学校は楽しい？　得意な教科は何？」などという質問もされず、僕の方から持ち出す話題もなく、ただ二人黙って、鍋を見つめるだけです。その時何より大事なのはコンソメスープの煮える鍋であって、得意な教科など別にどうでもいい問題でした。

途中、再び電話が鳴りました。やはり母からです。母は一度めと同じ台詞を口にし、僕も同じ答えをしました。

「うん、大丈夫。何もないよ」

　コンソメスープは全く大丈夫のようです。時折彼女は鍋を覗きますが、もちろん木べらを手にすることもありませんし、ガスのつまみにも手を触れません。もう待つ以外、何もできないのです。

　耳元で彼女の息遣いが聞こえます。厳しい作業を物語るように、髪を束ねた輪ゴムが弛《ゆる》み、うなじで毛がほつれていますが、もはや縁側でもじもじしていた時の気弱さはありません。心地よい疲労が彼女に落ち着きと貫禄を与えています。身体の輪郭さえもがくっきりとして見え、より近くに彼女の体温を感じます。

　鍋は煮えています。鍋を観察する合間に、僕はこっそり横目で彼女を見やります。車椅子に乗ったおばあさんのことを思います。無事、コンソメスープが出来上がりますように、と祈ります。


　こんなにも詳しく、台所での一つ一つを覚えているというのに、肝心なコンソメスープの味について何も思い出せないのはなぜなのでしょうか。確かに僕はそれを飲みました。普段、牛乳を入れて飲むプラスチックのカップに一杯、できたてのそれを注いでもらい、フーフーと冷ましながらゆっくり最後の一滴まで飲み干しました。カップの絵柄がクマのプーさんだったことまで覚えています。しかし味の記憶だけが湯気と一緒に宙へ立ち上り、手の届かないところに吸い込まれてしまっているのです。

もう一つのホウロウ鍋に布巾を被せ、中央の窪みにお玉で一杯ずつスープを垂らして漉《こ》してゆく作業は、フィナーレを飾るに相応しい場面でした。彼女が最も神経を集中させたのが、ここでした。

お玉の縁で黄土色の膜をそっと脇に寄せ、下からスープをすくい上げます。余計な対流を起こさないよう、膜を刺激しないよう、細心の注意を払っているのが分かります。「焦ってはならない、焦ってはならない」と、一杯ごとにつぶやくように、お玉はゆっくりと動きます。スープは布巾に落ち、小さな溜まりを作ったあと、一滴一滴、落ちてゆきます。ひたひたという音ともいえないほどの気配がホウロウの底から立ち上り、僕と彼女の間を漂います。

そしてそのコンソメスープの色といったら……。一体、気色悪い残飯の汁はどこへ行ったのでしょう。僕はこれほどに澄んだ黄金色を、かつて一度も見たことはありませんでしたし、あの日以降もまた、目にしたことはありません。

自分はただ単に温度計を突き刺していただけなのも忘れ、僕は誇らしい気持になっていました。この透明な色を生み出した隣の娘さんを、褒め称えたい気持でした。これを飲んでミイラになれるなら、ミイラになるのは幸福なことに違いないと、確信しました。彼女は丁度最後の一すくいを、垂らし落とそうとするところです。

両親が帰ってきたのは、あたりがすっかり暗くなった七時過ぎでした。隣の娘さんは既に引き揚げ、台所に痕跡は何一つ残っていませんでした。玉ねぎの皮一枚、肉の欠片《かけら》一粒、見当たりはしません。ついさっきまでそこで大仕事が為されていたなどとはとても信じられないくらい、台所はしんとしていました。最後の道具を運び終えたあと、エプロンの紐を解きながら彼女がお礼のお辞儀をした縁側は、夜の闇に包まれ、ガラス戸の向こうではただ虫が鳴くばかりです。

「大丈夫だった？　困ったことはなかった？」

母は僕の安全を確かめるように、頭を撫で、背中を撫で、腕を撫でました。

「ごめんなさいね。お腹空いたでしょう？　すぐに晩ご飯の支度するわ」

母の息は夜の冷気を含んでいます。キラキラ光っていたパウダーは、額の皺でよれて、まだらになっています。両親たちもまた、外で何か重要な出来事に出会ったのだろうと、推察できました。

母の顔から視線を移した時、流しに置かれたクマのプーさんのカップが目に入りました。唯一の忘れ物を見つけたのです。僕は慌てず、一度深呼吸し、「大丈夫だよ、ママ」と言って母を安心させました。

両親が二階へ上がって着替えている間に、あれをこっそり洗って、食器棚に仕舞わなければ。そう僕は胸の中でつぶやきました。その日自分に起こったことは、隣の娘さんと僕、二人だけの秘密にしておきたかったからなのでした。

おばあさんが亡くなったとの知らせがあったのは、その三日後のことでした。

（精密機械工場経営者・四十九歳・男性／国際見本市参加の帰路）

第六夜

槍投げの青年

　それはいつもどおりの朝だった。九月の終わりで既に夏の日差しは去り、雲は秋の形に姿を変えていたが、通勤電車の中は相変わらず蒸し蒸ししていた。七時二十四分発の電車には、毎朝見かける顔なじみの勤め人や高校生の姿があり、私はついさっき慌しく詰めてきたばかりのお弁当の入った鞄《かばん》を提げ、吊革につかまっていた。

　そのまま私は会社へ行くはずだった。五つ先の駅で地下鉄に乗り換え、街中の駅で降り、メインストリートから外れた裏道を十分ほど歩いたところにある古ぼけたビルへ、八時半までに到着しなければならなかった。十年来規則正しく続けてきた、ほとんど身体に染みついた習慣といってもいいその通勤ルートに、一片の不都合も生じる余地はないはずだった。途中の駅で、一人の青年が奇妙な荷物を電車に運び入れてくるまでは。

最初、扉のあたりが騒々しくなった時、貧血でも起こした人がいるのかと思い振り返ったのだが、ざわめきの中心にいたのは長身で屈強な体つきの青年だった。彼の両腕には、とてつもなく長い筒状の何かが抱えられていた。

長い、という以外、他に形容のしようがなかった。ただひたすらにその長さのみがあたりを威圧し、乗客たちをたじろがせていた。明らかに電車の天井につかえるだろうそれを、青年は苦心して中へ運び込もうとしているところだった。

「どうも、すみません」

と謝る声が幾度も聞こえてきた。それが長すぎるのは全部自分の犯した過ちの結果だとでもいうかのように、うつむき背中を丸めていた。車内広告を突き破らないよう、何より乗客の頭にぶつからないよう、的確な角度を保ちつつ扉の上部から挿入されたそれは、座席と平行になる方向へ四十五度回転した。頭上を斜めに横切る物体の出現により、たちまちありふれた車内の風景が一変した。見慣れぬ闖入者《ちんにゅうしゃ》に乗客の多くは無遠慮な視線を向け、露骨に不愉快な表情を浮かべる者もいた。

そこからが更なる困難の連続だった。青年は自らの立ち位置を確保しながら、同時にそれを足元へ置かなければならず、どんなに慎重にやっても誰かの身体や鞄や靴にぶつかってしまうのだった。しかも容赦なく電車は走りはじめ、車内のあちこちから舌打ちが聞こえ、そのたびに青年は「どうもすみません」を繰り返すしかなかった。大勢の乗客たちの隙間を縫い、どうにか長い物体が床に納まった時、青年は私の隣に立っていた。

近くに寄るといっそう身体の強靭さが際立って感じられた。肩幅は広く、胸には厚みがあり、腰はどっしりと落ち着いていた。しかしそうした見た目の印象より、肉体そのものが放つ精気の方がより私を圧倒した。それは決して不快なものではなく、むしろしなやかな温かみを帯びていた。

私は吊革を握る手に力をこめ、自分の足元に視線を落とし、そこに横たわるものを改めて観察した。長さは三メートル近くあり、筒の直径は二十センチほどで、中央付近に持ち手がついている。材質はしっかりとしたプラスチック。鮮やかなオレンジ色をしているが、あちこちにぶつけた傷が目立つ。中には何が入っているのだろう。楽器だろうか。あるいは建築資材のようなものだろうか。乗客たちは各々《おのおの》それをまたいだり上に鞄を載せたりして、自分の居場所を安定させようと努めている。電車が揺れると足元から、カタカタという振動が伝わってくる。少しずつ混雑がひどくなるにつれ、青年は一段と小さく背中をすぼめる。

視線を上げた時、一瞬彼と目が合った。

「あなたが謝る必要なんてないんです。それが長すぎるのは、あなたのせいではないのですから」

そう、私は無言の目配せを送った。しかしもちろん青年は何も気づかず、あくまでも彼にとって私はその他大勢の乗客の一人に過ぎなかった。

最初は、厄介な荷物を抱えた青年を手助けしようとしただけで、あとをつけることになるとは思ってもいなかった。地下鉄の乗り換え駅の二つ手前で彼が降りる準備をはじめた時、咄嗟に私は前へ進み出て、長すぎるそれが少しでもスムーズに移動できる空間を確保するため、ドアまでの数メートル、やや強引に乗客たちを押しのけた。「どうもすみません」の声が背中から聞こえ、再び不穏な空気があたりに立ち込めたが、お構いなくぐいぐいと前進した。私の後ろを青年が、荷物の先端と後方に等しく気を配りながらついてきているのが感じられた。

私たちは無事、ホームに降り立った。しばし乗客の流れが途切れるのを待ったあと青年は、目の前のおばさんがまさか自分のために用もない駅で降りたなどとは思いもしないまま、改札口に向かって歩き出した。

その時点で次の電車に乗れば、悠々会社には間に合っただろう。普段の時刻からは数分遅くなったにしても、八時半には余裕のある数字でタイムカードを押し、朝刊をホルダーに挟んだり給湯室のボイラーに火を点けたり事務室の花の水を換えたりしている間に、長すぎる荷物を持った青年のことなどすぐに忘れてしまったかもしれない。けれどなぜか私はそうしなかった。ぐずぐずとホームにたたずみ、次の電車をやり過ごし、今にも人の波に紛れて消え入りそうになっている青年の後ろ姿から目が離せないでいた。

たくましい背中とは裏腹に、やはりその荷物があまりにもアンバランスで、放っておけない危うさを感じたからだろうか。このまま見過ごしたら、どこかで青年が途方に暮れる事態に陥りそうな予感がしたからだろうか。とにかく気がついた時、私は青年のあとをつけていた。そんなことをして何になるのか、見通しなどなかった。

初めて歩く町は平凡でこぢんまりとして、なかなか住み心地がよさそうに見えた。駅前から続くメインの通りはゆるやかな上り坂になり、街路樹が瑞々しい緑を茂らせている。バスが行き交い、通学途中の小学生たちが走り過ぎ、商店街の店先を老婆が掃除している。朝のにぎやかさの中を、青年の脇から伸びるオレンジ色は舞うようにすり抜けてゆく。自分の身に迷惑さえ降りかからなければ、人々は誰もそれに注意を払わない。私だけがそのオレンジ色を見つめている。

坂を上りきる頃には人の姿は減り、あたりは密集した住宅街になっていた。よく知っている歩き慣れた近道を進むように、青年は迷いなくいくつかの角を曲がり、路地に入り、公園を横切った。図書館の分室があり教会があり浄水場があった。かつて誰かを尾行した経験などないはずなのに、なぜだか私は上手にやれた。適切な距離を目測することもできたし、不自然にならずに歩くスピードを調節することもできた。青年は一度もこちらを振り向かなかった。

二十分近く歩いた頃、青年は低層のマンションが立ち並ぶあたりの小道を入り、雑草の茂った中庭を過ぎ、フェンスで囲まれた一角の扉を開けた。大方白いペンキが剝がれ落ち、蝶番《ちょうつがい》も外れかけたみすぼらしい扉の奥へ、青年の背中と長すぎる荷物は、そっと吸い込まれていった。扉が一つ、カタンと小さな音を立てた。

マンションの入口で公衆電話から会社に電話を掛け、「身体の具合が悪いので休みます」と告げた時、あまりにもスムーズに嘘が出てくるので自分でも驚いた。先輩の男性社員はさして迷惑そうでも心配気な様子でもなく、ただぶっきらぼうに「ああ、そう」と言うだけだった。受話器を置くと途端に晴れ晴れした気分になり、私は大急ぎで壊れかけた扉のところへ戻った。

中を覗くと不意に、広々とした楕円の空間が広がった。そこだけぽっかりと切り抜かれたような空が、眼前に浮かんでいた。

青年の大事な荷物は槍《やり》だった。彼が筒の先端を外し、中からそれを引き抜いた時、すぐに槍だと気づいた。電車の中では単なるはた迷惑な代物であったそれは、シャツとズボンを脱ぎトレーニングウエア姿になった青年の手に握られた瞬間、精悍な一筋の直線となった。最早誰に舌打ちされることもなく、澄んだ空の下、伸びやかに自らの形を示していた。そこには、青年と私二人きりしかいなかった。

住宅地の真ん中に、なぜあんなにも広々とした競技場があったのか今でも不思議に思う。

フェンスのぎりぎりまで家々が迫りながら、その内側には何も遮るものがなく、町のざわめきなど届かない静けさをたたえていた。おそらく造られてから随分長い時間が経っていたのだろう。トラックのレーンはラインが所々擦り切れ、フィールドの芝生は伸び放題に生い茂り、錆びたフェンスには蔓《つる》植物が絡まっている。第3コーナーのあたりに申し訳程度設《しつら》えられた観客席は、鉄骨を組み合わせて板を張っただけのいかにも粗末な造りをしている。けれどそうした素朴さが、静けさにいっそうの深みを与えていた。

観客席に立つと競技場の隅々が気持よく見渡せた。私はベンチの砂埃を払い、足元に鞄を置き、一つ長い息を吐きながら腰を下ろした。ここが紛れもない、今日一日の私の居場所なのだ、という気がした。

青年はある地点に槍を突き刺してパタンと倒したあと、再び槍を立てて二回、三回とその動作を繰り返し、十一回と半分のところに印をつけた。ついさっきまでの危うさは既になく、青年は自分の身に最も馴染んだ味方とともに、潑剌《はつらつ》と振る舞っていた。その印が、助走のスタート位置となった。

青年と出会った時、私は四十六歳で、夫を亡くしてから丁度十年を迎えようとしている頃だった。結婚後五年にもならないうちに、市役所勤めの夫はたちの悪い腫瘍に肺を侵され、あっという間にそれが脳に転移して三十八で死んでしまった。飛行機のプラモデルを作ることだけが趣味の、大らかで朗らかな人だった。

子供がいなかった私はたちまち一人ぼっちになり、しばらくは残されたプラモデルをただ呆然と眺める以外何も手につかなかった。しかしいつまでもそうしているわけにはいかず、いよいよ働く必要に迫られ、小さな貿易会社に事務員として就職した。

以降の人生については、わざわざ紙に書きつけたり人に話したりするほどのこともない。一年余りの夫の闘病生活があまりにも凄まじかったために、人生のエネルギーがすべてそこに集約され、あとは残り火がくすぶっているだけのようなものだった。会社は海外の家電製品を輸入するのが主な業務で、ワンマンなインド人の社長が十人ほどの社員を雇って切り盛りしていた。私に任せられるのは、電動ワインオープナーやスチーム美顔器の試用、契約書のタイプ打ち、といったところがせいぜいで、大半は地味な雑用だった。伝票を書いたり、郵便局にお使いに行ったり、文房具を整理したりしているうちに一日は過ぎていった。誰に褒められることも、厳しいノルマが達成できるかハラハラすることも、ライバルに出し抜かれて悔し涙を流すこともなかった。

　朝は六時に起き、ラジオの英会話講座を聞きながら身支度をする。一番に出勤して皆がすぐ仕事に取り掛かれるよう事務室を整える。十二時に、給湯室で一人お弁当を食べる。三時には各々の好みに合わせたお茶を淹《い》れ、誰かの出張のお土産があれば平等に分配する。ビルの南側にある公園のからくり時計が五時のメロディーを奏ではじめると、速やかに退社する。

　夜眠れない時は、真っ暗な部屋の中で飛行機を手に取り、窓ガラスからこぼれるわずかな月の光にかざして、それが広々とした空を飛行する様を想像した。夫が生きている頃はそんな玩具にどうして熱中できるのかよく分からなかったが、心を落ち着けて観察すれば、胴体の丸みやプロペラのねじれや翼の描く曲線など実に細やかに再現されていて、思わず撫でてしまうほどだった。セメダインと塗料のにおいはまだ消えておらず、機体の隅々にまで夫の指先の気配が残っていた。

「ブーン、ブーン」

　と、私はエンジンの音を口真似してみたりした。機体を上昇させたり旋回させたりした。人差し指でプロペラを回してみたりもした。カラ、カラ、カラという音が闇の中に小さく響いた。そうこうしているうちにたいてい上手く眠りに落ちることができた。

夫のあと私のもとを去っていったのは、年齢と状況からして致し方ないと言える人々ばかりであった。息子に先立たれた苦しみから立ち直れないまま夫の両親は相次いで逝き、長く寝たきりだった私の母親は故郷の老人施設でひっそりと息を引き取り、弟は海外勤務となって夫婦でイスタンブールに赴任した。現地で生まれた姪の顔は写真でしか知らない。独身時代から夫が飼っていた猫のミミオは、小雪が舞う真冬の夕方、二十一歳の天寿を全うした。

こうして合わせた両手から次々と水がこぼれ落ちてゆくように皆が遠ざかってゆくのを、私はただ黙って見送るばかりだった。自分の掌《てのひら》に視線を落とせば、そこにはもうささやかな空洞があるばかりで、こぼれ落ちるべき何ものも残ってはいなかった。

その空っぽを見ないようにするため、私は目の前の雑用に専念した。他人に認めてもらおう、自分を高めようという望みは抱かず、むしろ他の誰がやってもできる種類の仕事にこそ無心で取り組んだ。いくら丁寧に花瓶の水を換えようとお茶を淹れようと、私の痕跡はどこにも残らない。それでよかった。会社でもどこでも、私など最初からいないかのように振る舞った。夫がここにいないのと同じく、自分もここにいないのだ、と思うことで夫を近くに感じようとしていた。これが、青年と出会った時の私だった。

準備運動が終わり、槍を持っての肩慣らしがはじまる。グリップの感触を確かめつつ青年は槍を構え、軽く数メートル先へ投げ、引き抜き、また数メートル投げ、を繰り返しながらフィールドを往復する。小気味良い一定のリズムが刻まれる。槍はされるがまま、青年に素直に従う。もう決して長すぎたりはしない。青年の身長よりずっと長いにもかかわらず、腕の一部のように体に溶け込んで調和を保っている。

少しずつ肩慣らしの距離は伸びてゆく。何回も何回も数えきれないくらいにやり慣れた動作特有の安定感が、こちらにも伝わってくる。頭で余計なことを考えなくても、生まれる前の記憶をなぞるかのように自然に、正確に体は動く。

観客席からでも槍の形はよく分かった。青年の掌にすっぽりと納まるくらい細く、しなやかで、尚かつ堅固な雰囲気を持っていた。銀色の塗料は長年使い込まれたからだろうか落ち着いた色合いにくすみ、グリップに巻かれた臙脂《えんじ》色の布は擦り切れ、汗で湿っているように見えた。先端はいかにも槍にふさわしく頑丈に尖《とが》り、後方は流れるようにすうっと細くなっていた。

いつの間にか薄雲は去り、空は高く、時折小鳥の群れが横切る以外、青年の邪魔をするものは何もなかった。フェンスに絡まる蔓の隙間から、通りを走る車やベランダに布団を干す人の姿がちらっとのぞいたが、それらはどれもここの地面とはつながっていない別の世界のもののように映った。青年の頭上にある空と、楕円の外側にある空が同じ種類だとはとても信じられず、自分が果てしもなく遠いどこかに取り残されている気がした。けれど少しも不安ではなかった。青年が目の前で槍を投げ続けている限り、ここは護られた場所であるのだという確信があった。私は一度だけ腕時計に目をやり、会社の始業時間が過ぎているのを確かめたあとは、ずっと青年から目をそらさずにいた。

青年は私に気づいていたのだろうか。どこかのタイミングで視界の片隅に引っ掛かっていたのは間違いないと思うのだが、わずかでも私に気を留める素振りは見せなかった。見学者がいることは珍しくなかったのか、それだけ練習に集中していたからなのか、とにかく彼は私を、その場にいない人のように扱った。私にとっては願ってもない、最も慣れ親しんだ扱いだった。おかげで心行くまで彼を見つめることができた。

いよいよ青年は右手に槍を持ち、助走の位置に立つ。半袖短パンツの裾からのぞく浅黒い筋肉が、日差しを浴びて艶やかに光っている。電車で隣り合わせた時感じた精気が、距離を置くと余計濃密になり、非の打ちどころのない肉体のラインを際立たせている。余分な何かに侵されていない、一切の欠落を知らない、マグマが生成した結晶のような肉体だ。

こんなにもいろいろなものの細部がくっきりとしているのに、なぜか青年の顔だけは光に包まれてぼんやりとしか見えない。あとをつけている間は当然背中しか目に入らず、電車で目が合った時にも一瞬目配せを送るのが精一杯で、表情を覗き込む勇気はなかった。ただ私に分かるのは、槍を手にした彼が今、宙の一点に視線を定めているということだけだ。

その一点を見据えたまま青年は助走を開始する。最初の数歩は軽く、徐々にスピードに乗り、槍を引き、勢いを増す。次の瞬間、槍は放たれている。思わず私は身を乗り出し、息を飲む。槍は空にラインを描く。私が思うよりもずっと遠くまでそれは飛び、やがて芝生に突き刺さる。すべてが、こちらの油断を見透かすようなスピードであっという間にスタートし、完結する。


青年は幾度も槍を投擲《とうてき》した。構える、助走をする、投げる、槍を取りに行く、それを抜いて助走の印まで戻る。これを淡々と繰り返した。こんなにも見事な肉体が躍動しているというのに、競技場を包む静けさはどこまでも変わりがなかった。私の耳に届いてくるのは、スパイクのピンの音、槍が手を離れ飛び出す瞬間の空気を切る音、そして青年が芝生を踏みしめる音、それだけだった。投擲が生み出すそれらの音たちは、静けさの底へと慎ましく吸い込まれていった。青年の邪魔にならないよう、私は咳払い一つせずに息を殺していた。

最初のうち一連の動きを目で追うだけで精一杯だったのが、しばらくすると各動作の形や、つながり方や、それらの意味や、投擲についてのいろいろなことを感じ取れるようになってきた。まず驚かされるのは、何度投げても青年の助走に狂いがないことだった。スタートが四歩、中間が八歩、槍を引いてからフィニッシュまでが七歩。青年の両足はその歩数を正確に刻み続ける。日差しが強くなろうと、風の向きが変わろうと関係ない。4、8、7。4、8、7。4、8、7。その繰り返しが大地でメロディーを奏でる。

助走の間、槍は悠然として青年に身を任せている。無闇に気負ってもいなければ、怯《おび》えてもいない。青年の命じるとおりに従えば、それがつまりは善きことなのだ、と信じるかのように心を落ち着けている。

助走のスタートに立った青年が、右肘を折り、肩の上に槍を構える瞬間が私は好きだった。それはいかにも大事なものを身に引き寄せ、一体になろうとしている姿だ。青年と槍、彼らだけに通じる合図が交わされている。十九歩先ではたちまち離れ離れになると決まっているからこそ、いっそう彼らは親密につながり合おうとする。青年は耳たぶと頬に槍のしなやかさを感じ、槍は彼の掌の中で、揺るぎのない安定を感じている。

もちろん宙を飛んでゆく槍も好きだ。案外それは低い角度で飛び出し、青年の手を離れた途端、様子を一変させる。放物線を描くなどという生易しいものではなく、まるで新たな生命を得たかのように全身を震わせながら激しく空気を切り裂いてゆく。その震えを目で追いかけるだけで私は胸がどきどきし、このまま槍が滅茶苦茶な方向へ飛んでいってしまったらどうなるのだろうと思ったりするが、心配はいらない。そこには見事な抑制が利いている。槍は青年が見定めた一点を忠実に捕らえ、最も洗練された軌跡を選んで落下する。いや、落下という言葉は適切ではないかもしれない。槍はただ静かに着地するのだ。

いつの間にか太陽は高くのぼり、朝の気配はすっかり消え去っていた。木のベンチはしっとりと温かく、丁度いい具合に窪んでいて座り心地がよかった。観客席の脇で枝を広げるクヌギのおかげで、気持のいい影が差し、足元で木漏れ日が揺らめいていた。相変わらず、別の誰かがここへやって来る気配はどこにもなかった。

もう十分槍は遠くまで飛んでいるように見えるのに青年は満足せず、練習はいつまでも続いた。槍を投擲する、ただそれだけの練習だった。槍投げの選手が槍を投げる練習をする、この当たり前の風景がなぜか特別なものに感じられた。私の眼前で繰り広げられているのは、肉体を使う運動であると同時に、孤独な思索でもあった。

青年にとっては、槍を投げている時間より、歩いている時間の方がずっと長い。一投ごとに、五十メートル以上先の槍を取りに行き、また助走のスタート位置まで戻ってくる。青年はうつむき加減にゆっくりと歩く。スパイクに踏みしめられる芝生の気配が、私の耳元にも届く。いつしかフィールドに一筋、彼の通り道ができている。

歩きながら青年は考えている。さっきの投擲を頭の中で再現し、修正を施しているのだろうか。次の投擲で試みるべきポイントを、整理し直しているのだろうか。あるいはもっと別の何か、例えば死んだ人のことを、考えているようにも見える。

青年の背中は死者を悼む姿に似ている。死者が倒れ伏した場所まで、一歩ずつ歩み寄ってゆき、抜け殻となった魂を地面から引き抜く。ついさっきまでの躍動の記憶が残るそれを握り締め、自らに引き寄せ、遠い宙の果てに去ってしまった彼らの声を聞きながら、再びこちら側へと戻って来る。槍を投げることで、青年は黙々と自分の使命を果している。

スパイクの爪先で二、三回軽く地面の印を蹴ったあと、青年は何度目かの投擲準備に入る。髪の先から汗がこぼれ落ちている。足元には彼が脱いだ洋服と靴とリュックサックが、一塊になって置かれている。逆光の中浮かび上がる肩の筋肉を、私が目でなぞっている間に青年は槍を握る。すぐさまそれは地面と平行になり、肩の上の定位置に納まる。彼らが一体となる、私の最も愛する姿だ。誰が合図を送るわけでも、どこかでピストルが鳴るわけでもなく、彼一人が決心した最良の一瞬でスタートが切られる。

最初の四歩はあくまでも軽い。体中ほとんどどこにも、槍を握る指にさえ、力が入っていないかのようだ。これから訪れる爆発の予感は筋肉の奥深くに潜んだままで、まだ目には見えない。しかし既に準備は整っている。

五歩めからは明らかに、スパイクの音も髪の乱れ方も息遣いも、すべてが違ってくる。みるみるスピードが上がり、その勢いが両足から上半身へと蓄えられてゆく。ああ、このまま彼はどこまで行ってしまうのだろう、と私は胸が詰まる思いにとらわれるが、青年と槍の一体感はいささかも失われてはいない。それどころか今や槍は青年の筋肉の一部となり、腱の一筋となり、精神の支柱にさえなっている。

やがて十三歩めを迎えると、槍は後方へ引かれ、上体がねじれ、足が交差し、体の部位は次なる次元へと移行をはじめる。いよいよなのだという予感が抑えきれなくなり、私は両手を胸の前できつく合わせる。青年の視線ははるかな一点に定まり、それはもう決して揺るがない。

胸が開き、右手は一杯に引き伸ばされ、両足によって大地からくみ上げられた力が青年を満たす。全身の筋肉は、ただ宙の一点に飛んでゆく槍のためだけにすべてを捧げている。その時、筋肉たちは最も美しいラインを描き出す。上体が沈むとともに左足に体重が乗り、肩を支点にして斜めに向いた槍の先端と、青年の視線が重なり合う。極限まで引き絞られた肘と肩が、次の瞬間、槍を解き放つ。右足の甲が地面を削る。

まるで青年の一部分が、天に差し出されたかのようだ。青年から託されたものを身にまとい、その重さに畏怖を抱きつつ槍は震えている。青い空で銀色の直線がきらめいている。もはや青年は何もできず、無言でそのきらめきを見送る。槍は神の描いたラインをなぞってゆく。

あの日は私にとり、会社を休んで槍投げの練習を見学した、という一行で片がつく一日だった。多少風変わりな展開ではあったにせよ、だからと言って何がどうなったわけでもなかった。青年と私は一言も言葉を交わさず、互いの名前も知らず、その後二度と会うことはなかった。

三時間ほどの練習を終えると青年は槍をケースにしまい、服を着替え、フィールドに向かって一礼したあと、引き止める間もなく蝶番の壊れた扉から外へ出て行った。あんなにも果てしない地点へ槍を投擲できる人だとは思えないくらい、慎ましい退場だった。私は一人取り残された。いくら目を凝らしても、槍の描いた軌跡は空に吸い込まれ、気配さえ残ってはいなかった。

ふと、もうお昼を回っているのに気づき、観客席に座ったままお弁当を食べ、クヌギの木陰にある水道の蛇口から水を飲んだ。随分古そうな蛇口だったが、冷たくて綺麗な水が出てきた。お弁当を全部食べてしまうと、もう何もすることが思い浮かばず、槍が飛んでいった方向に青年の真似をして深々と礼をし、それから競技場をあとにした。どこにも寄り道せず、真っ直ぐ家に帰った。

次の日から再び、代わり映えのしない毎日が続いた。朝七時二十四分発の電車、郵便局のお使いとお土産の分配、給湯室のお弁当、真夜中の飛行機。私はいまだに一人きりで、同じ貿易会社に勤めている。

ただ一つあの日とそれ以降で違うのは、私の胸の中に、槍投げの青年が住み着いた、ということだろうか。他人から見れば単なる錯覚に過ぎないのだろうが、しかし私にとっては大事な変化だった。青年の槍投げを見た私は、もう決して、見ていない私には逆戻りできなかった。心の片隅にぽっかりと切り取られた楕円の競技場は、いつでも私の中にあり、青い空と深い静けさをたたえている。観客席は私のために、座り心地のいいベンチを空けてくれている。

時折、私はそこへ腰を下ろす。例えばどうしようもなく泣いてしまいそうになる時。青年は槍を構え、スパイクの音を響かせて姿を現す。そうして私と彼以外誰もいない競技場の空に、槍を投げる。それはまるで夫の作った飛行機のように、あるいは夫の魂そのものであるかのように飛翔する。槍は到底私になど手の届かない遠い地点に着地するが、心配はいらない。慈しみに満ちた手で青年が引き抜き、一歩一歩また私の胸まで届けてくれるからだ。彼の足音に耳を澄ませながら、私は涙を拭う。

私はすっかり歳を取ってしまったけれど、槍投げの彼はずっと青年のままだ。

（貿易会社事務員・五十九歳・女性／姪の結婚式出席のための旅行中）

第七夜

死んだおばあさん

「あなた、僕の死んだおばあさんに、そっくりなんです」

初めてそう言われたのは今から二十五年ほど前、バッティングセンターで時速九十キロのストレートに挑戦している時でした。

周囲が騒々しいこともあり、最初はあなたの打ち方はおばあさんのようだ、と言われたのかと勘違いしました。確かに私のバッティングは自己流で、とても洗練されたフォームとは言い難く、半分以上は空振りというありさまでしたが、それでもその時私はまだ二十歳の女子大生だったのです。むっとして私はヘルメットを脱ぎ、ケージの向こうにいる相手を見返しました。

「うん、やっぱり似ている」

こちらの都合とは無関係にその人は屈託のない笑みを浮かべながら、私を見つめています。

思いの外、相手はハンサムでした。体つきはたくましく、目元はさわやかで清潔感にあふれています。そのため不意をつかれたような格好になり、たちまちむっとした気持はどこかへ消え去って、代わりに妙にどぎまぎしてきました。

「よくいらしてますよね。いつもこの7番のケージだ。前々から気になっていたんです」

青年は仕事帰りといったリラックスした雰囲気で、ネクタイを緩め、ワイシャツの袖をまくり上げています。もう既に打ち終えたところなのでしょう、額には汗が浮かんでいます。

確かにバッティングセンターに一人で来ている女の子は滅多におらず、私は目立っていたかもしれません。当時、隣にあるスケートリンクでアルバイトをしていた私は、オーナーからバッティングセンターの回数券をもらい、それを無駄にしたくないというだけの理由でバットを振っていたのでした。7番のケージを選ぶのは、当時ファンだった野球選手の背番号に合わせただけの話です。

さて、こういう展開になってくると当然、これはナンパと呼ばれるものではないのか？との疑念がわき上がってきます。そう考えるとますます動揺が大きくなり、言葉が上手く返せず、私はむやみにヘルメットの傷を撫でるばかりです。

「ほら、そのちょっとうつむいた横顔の感じが……」

青年の口調はあくまでも素直でした。もう私はどうしていいか分からず、とにかくうつむいた顔の角度をしばし保ったままでいました。

本当ならここからロマンティックな恋の物語がスタートするべきなのでしょうが、現実はそれほど簡単ではありません。私たちはバッティングセンターで一緒になるたび、受付前の破れかけたソファーに座り、自動販売機で買った缶コーヒーを飲みながら話をしました。しかしその話のほとんどすべては青年の死んだおばあさんに関するもので、一向にロマンティックな方面へ進展する気配は見せないのでした。

「もちろん僕が物心ついた時、おばあさんは相応の歳を取っていました」

青年は当たり前のことを言いました。

「でも、写真に残る若い頃のおばあさんに似ている、というのではありません。僕のよく知っている馴染み深い、八十一歳で死んだあのおばあさんに、あなたはそっくりなのです」

「ほお……」

喜んでいいのか悲しむべきなのか見当もつかず、私は意味のない声を漏らすばかりです。

「一目見た時にすぐ気づきました。あなたの中から祖母が浮かび上がって見えてくるような、あるいは祖母の記憶にあなたが自然と重なり合うような、とでも言えばいいのでしょうか。一枚の絨毯《じゅうたん》でも光の加減によって模様が移り変わって見えるのと同じです。年齢など無関係なのです」

ただ、話をしている時の青年がとても幸福そうでしたから、私も決して嫌な気分ではありませんでした。いつしか彼が心行くまで思い出に浸れるよう、自分にできることがあるならば何でもして差し上げましょう、という気持にさえなっていました。

おばあさんは腰の曲がった小さな体で、死ぬまで雑貨店を切り盛りする働き者だったそうです。また一族を代表する聖母として、出産、引越し、病気、天災等々事あるごとに東奔西走し、子や孫たちを手助けしました。赤ん坊の守りをする、美味しいご飯をこしらえる、シーツを糊づけする。彼女にできるのはごく平凡な仕事ばかりです。しかし不思議なことに彼女が登場すると、なぜかそれまで行き詰まっていた事態が良き方向へと流れを変えるのです。乱雑を極めていた事柄は整理整頓され、病人怪我人は落ち着きを取り戻し、赤ん坊は泣き止みます。どこからともなく光が差してきて、皆、深呼吸できるようになります。

「だから……」

缶コーヒーの飲み口に視線を落として、青年は言いました。

「誰もがおばあさんを頼りにしていました。何が起こっても、おばあさんさえいてくれれば大丈夫だったんです」

お金持ちでも、特殊な能力があるわけでもない一人の老女は、その小さな両手でなせるわざのみによって、子や孫たちのために尽くす一生を送った。青年の話から私がイメージしたおばあさん像とは、つまりこういうものでした。

青年がバッティングセンターに通うのには、私とは比べ物にならないほどきちんとした理由がありました。青年は典型的な野球少年でした。ポジションはキャッチャーです。そしてどんな試合にも、必ずおばあさんが応援に来てくれました。おばあさんの座る席は外野のセンターの、一番後方と決まっていました。そこなら守備の時にも孫の顔が真正面で見られるからです。最前列ではなく最後列に陣取るのは、自分の姿が孫の視界に入って集中力がそがれるのを恐れたためでした。どんな場合であれ彼女は、若い者の邪魔にならないよう細心の注意を払う人だったのです。

まず彼女は観戦専用の座布団を観客席に敷きます。古い寝具を縫い直したお手製です。それから数珠を取り出し、曲がった腰をいっそう深く折り曲げて座布団に正座し、試合が終わるまで一心に念仏を唱え続けます。結局のところ、試合経過はもちろん、せっかくキャッチャーの真正面に当たる場所に陣取ったにもかかわらず孫の姿を見ることもありません。目はずっと閉じられたままです。

青年の試合するところ、念仏おばあさんあり。あくまでも本人は目立たないように心掛けていたつもりなのでしょうが、その姿は否応なく人目をひき、新聞に写真が載ったこともあったそうです。

バッターボックスに入った時も、ピッチャーとサインを交換している時も、ベンチで声援を送っている間もずっとおばあさんの祈りを感じていた、と青年は言います。実際おばあさんの姿ははるか遠く、ほとんど黒い粒のようにしか見えませんでしたが、他の観客たちに隠れたその一点に、ただひたすら自分の無事を祈ってくれている人がいる、という事実だけは動かしがたいものでした。しかも彼女の祈りは孫がヒットを打ちますように、試合に勝ちますように、などという薄っぺらなものではありません。もっと大きな無事、試合に出ている子も補欠も味方も相手方も監督も親兄弟も見物人も、ここに集まった人々が皆無事であるように願っているのです。

「たった一人、あそこにおばあさんがいる、と思うだけで安心だった……」

青年はバッティングセンターの金網の向こうにいるおばあさんを捜すような目で言いました。

「9回裏ツーアウト満塁ツーストライクスリーボールに追い詰められても、じたばたする必要はありませんでした。どっしりと両足を踏ん張っていられたんです」

試合が終わり、どんなに急いで外野席まで駆けて行っても、おばあさんは既に帰った後です。団体行動する孫を煩わせないためです。おばあさんが座っていたところにはほんのわずか座布団の跡が残っています。

おばあさんが亡くなったのは青年が高校二年生、十七歳になったばかりの頃でした。春の新人戦が最後の試合観戦となりました。お別れの時、青年は棺に座布団を入れました。少年野球の時分から長くおばあさんの祈りを支え続けてきたそれは、綿が磨り減って真ん中が小さくくぼんでいたそうです。

高校を卒業して以降、青年は野球とはすっかり離れた生活を送っています。銀行に就職し、営業マンとして忙しく飛び回る毎日で、草野球を楽しむゆとりもありません。しかし時折、思いがけず仕事が早く片付いた夜、一人バッティングセンターに立ち寄ります。二十球か三十球分のコインを入れ、バッターボックスに立ち、バットを振ります。もうすっかり体はなまってしまい、十代の頃のような鋭いスイングはできません。それでも時折、何かのご褒美のように、芯で捕らえた球が鋭い軌跡を描いて飛んでゆくことがあります。青年は球の飛んでいった先を見つめます。そこにおばあさんが正座して、自分のために祈ってくれている気がするからです。

青年と一緒に缶コーヒーを飲みながら話をしたのは、四、五回といったところだったでしょうか。主に青年が死んだおばあさんについて語り、私が耳を傾けるというパターンでした。こんなにも似ているのだから、是非ともおばあさんについて知ってもらう必要がある、とでもいうかのような熱心さでした。私はほとんど口を挟まず、聞き役に徹しました。どんないきさつであれ一旦つながりを持ったからには、もうあとへは引けない気分でもありました。自分とよく似た自分の知らない誰かの人生について思いを馳せるのは、案外心休まる時間でした。

初めて口をきいてから半年くらいが過ぎた頃です。少しずつ会える間隔が間遠になり、ふと気づくと彼は姿を見せなくなっていました。銀行員でしたから、どこかへ転勤になったのかもしれません。そのうち私も回数券を使い切り、スケートリンクでのアルバイトも止めたせいで、バッティングセンターからは足が遠のいてしまいました。結局、お互い名乗り合わないままでした。たぶん青年は、死んだおばあさんについてもう十分に語ったと、悟ったのでしょう。

しかしどこかの町のバッティングセンターで、今でも彼はバットを振っているはずです。そして飛んでゆく球の先に、おばあさんを捜しているに違いありません。

二人めの死んだおばあさんが登場したのは、それから七年後です。私は結婚したばかりで町外れにある古いマンションの六階に住んでいました。

夏の盛りの昼間、スーパーへ買い物に行くためエレベーターに乗りました。五階で一人、見知らぬ女性が乗り込んできましたが、気にも留めませんでした。観測史上最高気温を記録した、という以外には特別何も変わったことのない、ありふれた夏の一日でした。

扉が閉まり、エレベーターが動き出した途端、明らかに不吉な異音を残して電気が消えました。一度大きく足元が揺れ、それからエレベーターはぴくりとも動く気配を見せません。

薄暗がりの中、私と女性は初めて顔を見合わせました。

「あら、まあ。嫌だ。停電でしょうか。ここのエレベーター、古すぎて前々から変な音がしてたんです。案の定こんなことに……」

「ここに、非常用電話があります」

慌てふためく私をよそに、女性は冷静な口調でそう言うと受話器を取りました。声だけを聞くと年配のようですが、体のシルエットはすらりとして姿勢がよく、贅肉はどこにもついていません。

運よく電話はつながったようです。彼女はまるで、ちょっとした仕事の事務連絡をするかのごとく先方とやり取りしています。エレベーターに閉じ込められた状況にあるとはとても信じられません。正直、ああこの人が一緒でよかったと思いました。

「三十分ほどで、メンテナンス会社の技術担当者が到着するそうです」

と、彼女は言いました。

暗がりに目が慣れてきた頃、ようやく彼女が私の母親よりもうんと年上なのに気づきました。お化粧っ気はなく、黒い半そでのシャツに黒いズボン、肩には大きな布のバッグという地味な格好で、アクセサリーも見当たりません。半分白いものが混じった髪はきゅっと一まとめに結い上げられ、そのせいで目元が引き締まって見えます。

「マンションの方ですか？」

三十分という時間の区切りがはっきりしたおかげでようやく落ち着いた私は、彼女に質問をする余裕が出てきました。

「いいえ。五階のお客さんのところを訪ねた帰りです」

彼女は壁にもたれ、腕を組み、天井の片隅に視線を送ります。仕草の一つ一つがとても洗練されています。

「リンパマッサージ師なんです。出張専門の」

「リンパ？」

「ええ。つまりはリンパ液の流れを促して、老廃物を速やかに排出するためのマッサージです」

確かに彼女はいかにも新陳代謝のよさそうな体をしています。肌には張りがあり、息遣いは規則正しく、動きも滑らかです。ただほっそりした体形に比べ、指の関節がたくましく堂々としているのは、仕事柄だったのでしょうか。

「どうして出張がご専門なのですか」

「特別理由はありません。その方が性に合っているんです。資格を取って商売を始めた時から一度も、治療院を構えたことはありません。ご要望があれば自分から出向く。巡りのいいリンパ液のように自分が動き回る。ずっとこのスタイルです。それに本当に私のマッサージを必要としている患者さんの大半は、外を出歩けない人たちなんです。末期のガンや半身不随や心の病のせいでね」

「なるほど」

「わざわざ具合の悪い人に移動してもらう必要はありません。この十本の指さえあれば、私はどこでも仕事ができるんですから」

彼女は両手を宙にかざし、指をしなやかに動かしてみせます。と同時にあたりを満たす闇にさざ波が広がったような気がして思わず瞬きをしたのですが、次の瞬間にはもう鎮まっていました。

私たちは並んで床に腰を下ろし、話をしながら修理の人が来るのを待ちました。深刻な話ではありません。迷惑なアクシデントを無難にやり過ごすための、単なるお喋りです。程なく助けが来ると分かってはいても、何かしら言葉を発していた方が気分が楽だったのです。やはり何と言っても、狭い箱に閉じ込められたのですから。

「ちょっと、遅いんじゃないでしょうか」

最初にそう口にしたのは私です。あいにく二人とも時計を持っていませんでした。しかしどう考えても三十分はとうに過ぎているように思えました。そのうえ冷房が切れたせいで、暑さが我慢できないほどになってきていました。

「いいえ、三十分はまだです」

直接電話で話した感触から、ある程度確信があったのでしょうか、彼女に動揺は見られません。

「もうしばらくの辛抱です」

と言って彼女は私の腕を取ります。何事かと思う間もなく十本の指は掌から肘へ、肘から腋へとゆっくり滑ってゆきます。

ああ、これがリンパマッサージというものなのか、と気づくのにしばらく間があきました。いい加減暑さでうんざりしていたのに、彼女の体温はなぜか不快でなく、むしろ自分の中に籠もった熱が十本の指先から吸い上げられてゆくような気持よさがありました。その時です。

彼女があの言葉を口にしたのは。

「死んだおばあさんに、よく似ている……」

聞き間違いであってはいけないと思い、私は聞き直しました。

「もうずいぶん昔に老衰で死んだ、私の祖母です」

腋の下のリンパ節を探りながら、彼女はつぶやきました。それからリンパマッサージを続ける間、自分のおばあさんについて語ったのです。

一言でくくると彼女のおばあさんは偏屈老人で、その点では念仏おばあさんとは対照的でした。潔癖症でわがままで浪費家。人の悪口が何より好き。どんな場面であれ自分が中心にいなければ我慢できず、常に自分の喋りたいことだけを喋る。怒りだすと手がつけられず、容赦なく相手を責めつけ、徹底的に打ちのめす。

「もちろん似ているのは性質のことではないのですよ」

一通りおばあさんが抱える問題点について語ったあと、彼女はそう付け加えるのを忘れませんでした。

このような難しい性格のため結婚生活は長続きせず、晩年は子供たちとの交流も薄れ、友人もなく孤独な一人暮らしを余儀なくされました。亡くなる直前の一年ほど、おばあさんと若きデパートガールであった孫の彼女が同居をしたのは、所謂《いわゆる》親愛の情からではなく、都会での住居費を単に節約したかったからだと、彼女は正直に打ち明けました。とにかく図らずも彼女は、一族を代表し、迷惑者のおばあさんを見送るという大役を果たすことになったのでした。

ある日突然おばあさんは、

「私の大事なヴァイオリンをどこへ隠した。お前が盗んだに違いない」

と言って彼女を責め立てました。それがすべての始まりでした。

ヴァイオリン？　彼女には何のことだかさっぱり分かりません。そもそもおばあさんはヴァイオリンなど持っていたでしょうか？　そんなもの、見たことも聞いたこともありません。興奮してわめき散らすおばあさんの言い分を整理すれば、それは値段さえ付けられないほどの貴重な価値を持ち、十七の時国際コンクールで優勝して以来、肌身離さずずっと携えてきたヴァイオリンであり、ほとんど体の一部と化している。国内はもちろんヨーロッパから北米に至るまで、あらゆる演奏旅行の同行者。ともに拍手を受けた同志。緊張を和らげ慰めてくれる恋人。毎日十時間それと一緒に過ごさなければ自分は狂い死にしてしまう。それに何より腕が鈍り、天使の仕業と称えられた音が出せなくなってしまうではないか。

以上が要約です。いつの間にかおばあさんは、世界を舞台に活躍する天才ヴァイオリニストになっていたわけです。

音楽の素養など欠片《かけら》もない人だったんです、と彼女は言いました。人生を通してクラシック音楽を習ったこともなければ愛好する趣味もなく、身近にそれらしい人物がいたためしもなかったそうです。しかし理屈にこだわっている暇はありません。おばあさんの怒りを鎮めるためには一刻も早くヴァイオリンを手に入れてくる必要があります。口先だけの誤魔化しでは到底太刀打ちできません。

幸い彼女の勤めるデパートに楽器売り場がありました。どんなに安くても売り物では手が出ませんから、担当者に頼み込み、がらくた寸前の品をどこからか手に入れてもらいました。それでも分割払いにしなければならないほどの、痛い出費でした。

億は下らないと主張するおばあさんをだませるかどうか最初は心配でしたが、案外あっさりと満足を示し、拍子抜けしたそうです。

「おお。これ、これ」

おばあさんはケースから本体を取り出し、いかにも身に馴染んだ道具を慈しむといった様子で背面の板や顎当てや糸巻きの部分を撫でます。その手つきだけを見ていたら、本当にそれが一億円するかのように思えてくるほどです。

「さあ、練習だ。邪魔しないでおくれよ」

おばあさんは弓を振り回し、彼女を追い払うようにしながら立ち上がりました。

以降、亡くなるまでおばあさんは天才ヴァイオリニストとして振舞い続けました。練習といってもただ弦の上で無闇に弓を動かすだけで、当然すさまじく不愉快な音しか出ず、同じ家の中でそれを聞き続けるのは苦行でしかありませんでした。本人はベートーヴェンでもチャイコフスキーでも弾いているつもりなのでしょうから、涼しい顔です。素人目にも誤魔化せないヴァイオリンの貧弱さが、いっそう演奏の姿を滑稽なものにしています。またある時は、演奏旅行へ出発すると言ってヴァイオリンケースを抱え、おめかしをして出掛けることもありました。お金を持たせていませんから遠くへ行けるはずもなく、近所を二、三周歩き回り、公園で一休みし、半日ほどで戻ってくるのが常でした。

「上手くいったわ。上々」

それでもおばあさんは満足げです。

少しずつ彼女もこの妄想に慣れてきました。妄想の中で彼女はいつしかマネージャー役となっていました。「今度の演奏会も切符は完売です」「新しいレコードの発売が来月一日に決定しましたよ」などと気まぐれに言うと、おばあさんは喜んで応対します。この時だけ、会話が弾みます。ちょっとしたコツをつかめば、つまり相手を天才ヴァイオリニストとして敬う態度さえ忘れなければ、おばあさんは上機嫌なのです。

「この時初めて、祖母と打ち解けられた、と感じました。もっとも、祖母と孫の関係ではなく、偽ヴァイオリニストとマネージャーという条件付きですけれど」

話している間もずっとリンパマッサージは続いています。ほんの少し彼女が掌のどこかを押さえただけで、体の隅々にまでさざ波が響き渡ります。

ある日、おばあさんは屋根裏の納戸《なんど》から一枚のレコードを見つけ出してきます。埃にまみれた古いレコードです。夕食のあと眠るまでの間、毎夜このレコードが回ることになります。マックス・ブルッフ作曲『スコットランド幻想曲』。ヴァイオリン演奏はヤッシャ・ハイフェッツ。

「これ、私が弾いてるんだよ」

おばあさんは言います。ジャケットに印刷された写真は、もちろんハイフェッツです。おばあさんとは似ても似つかない端整な顔の西洋人です。しかしそんなことを言い立てたりはしません。練習を聞かされるより、ハイフェッツのレコードに耳を傾けている方が何倍もありがたいのは、間違いない事実です。

それはおばあさんが持っているたった一枚のレコードでした。なぜそれを持っているのか、誰かからのプレゼントなのか、尋ねることはできません。なぜなら本人の演奏したレコードが本人の手元にあるのは、至極当然のことだからです。

レコードを聴きながらおばあさんはヴァイオリニストとしての思い出を数々語ります。胸元の開いたシルクのロングドレス、ステージに出る間際のお祈り、床を叩くヒールの音、まぶしいスポットライト、空気を震わせる最初の一音、ヴァイオリンの重み、弓のしなり、客席の暗がり、最後の一音が消えたあとの間、拍手、果てもなく続く拍手、胸を覆い尽くす花束、シャンパン、サイン、微笑と涙……。

おばあさんの描写はとても事細かです。ペチコートにほどこされたレースの模様から、髪飾りのピンの形まで。楽屋に並べる化粧品のメーカーから、ロビーに飾られた彫刻の作者まで。あらゆる風景がはっきりと見えています。そこにはあいまいさも矛盾もありません。

もしかしたらこの人は本当にヴァイオリニストだったのではないかしら？

ふとそんな錯覚に陥ることが少なからずありました、と彼女は言いました。錯覚の中でおばあさんは頬を紅潮させ、両足をしっかりと踏ん張って、ただ一心にヴァイオリンを弾いています。口元には気品が漂い、伏せた視線には威厳さえ感じられます。二本の華奢な腕から、天使の仕業と称せられるに相応《ふさわ》しい音があふれ出してきます。偏屈で意地悪な影などどこにも見当たりません。今、世界中で光を浴びているのは目の前にいるこの人たった一人だ、と思わせるほどに特別な精気を放っています。

拍手は鳴り止みません。皆、底知れぬ偉大な美しさを味わったかのような思いで、涙ぐみながら拍手を送っています。ヴァイオリニストはその全身で、人々からの称賛を受け止めます。生涯を通し、決して誰からもおばあさんに対して差し出されることのなかった、称賛という名の捧げ物です。

「そのヴァイオリンを弾いているおばあさんの顔に、あなたは似ているのです」

彼女は腕を取ったまま私を見つめました。彼女の指が肩から手首に向かってゆっくりと滑り、最後、私の両手を包み込みます。まるでそれがおばあさんの手であるかのように、いつまでも握ったままでいます。

おばあさんが亡くなった時、棺の中にはもちろん、ヴァイオリンと『スコットランド幻想曲』のレコードが納められました。

修理の人が到着するとエレベーターは呆気なく復旧し、ガタガタとぎこちない音を立てながらも無事に一階まで到着しました。扉が開いて初めて、外では野次馬たちが騒いでいたのに気づきました。と同時に、死んだおばあさんについて思いを馳せた私たち二人の静かな時間も終わりを迎えたのです。

「それじゃあ」

「どうもありがとうございます」

「こちらこそ」

お互いお礼を言い合って私たちは別れました。まぶしい光の中、彼女の背中は遠ざかり、やがて見えなくなりました。

三人めと四人めの死んだおばあさんは、それからさほど間を置かずに現れました。場所は歯医者さんの待合室とガソリンスタンドです。詳しい話は聞けなかったのですが、どちらも孫を可愛がるどこにでもいる典型的なおばあさんだったようです。

その後しばらく音沙汰がなく、私自身忘れた頃になって、慌しく立て続けに登場する期間がありました。三十代の終わりから四十に掛けての一年ほどです。運勢やバイオリズムや星の巡りと何か関係があるのでしょうか。いずれにしても規則性はなく、予測はできないのです。

「ちょっと失礼ですが……」

見知らぬ人からそう声を掛けられた時、たいていの場合、道を聞かれるかキャッチセールスだと思うものでしょう。しかし私の場合、あっ、また来たな、と心の中でつぶやきます。すると案の定、相手の口から「……死んだおばあさん……」の一言がこぼれ落ちてくるわけです。

実にさまざまなおばあさんがいました。家庭環境も職業も学歴も性質も多種多様です。ただ一つだけ共通点があるとすればそれは、全員が死んでいる、ということでしょう。

雑貨屋と偽ヴァイオリニストの他には、給食センターの調理師、牧師の妻、農婦、保険勧誘員などがいました。母親代わりとしておばあさんに育てられた孫もいれば、一度も会えず、写真でしか顔を知らないままの孫もいました。おばあさんが遠い外国に住んでいたからです。誕生日やクリスマスに届く小包は、開けた途端おとぎ話の国の匂いがして、子供時代彼はずっと自分のおばあさんを魔法使いだと信じていたそうです。

亡くなり方についてもまた、多くのエピソードが残されています。特に忘れがたいのは、動物園のサル山に転落して亡くなったおばあさんです。朝、出勤した飼育係に発見されたのですが、事件性があるかもしれないということで大騒ぎになりました。死亡推定時刻は真夜中過ぎ。当然、閉園後です。七十半ばの老女がなぜわざわざ夜中の動物園へ侵入したのか、どう考えても犯罪に巻き込まれ、無理やり突き落とされたとしか考えられません。

ところが捜査の結果出された結論は自殺でした。おばあさんはたった一人、動物以外誰もいない動物園に忍び込み、サル山の手すりを乗り越え、金網を突き破って落下していったのです。

「幸いだったのは……」

その話をしてくれた彼は言いました。

「サルが一匹もいなかったことです。三か月前、群れが結核に集団感染し、すべて隔離されていたんです。だからおばあさんの遺体はサルに傷つけられることもなく、きれいなままでした」

世の中には自分と同じ顔をした人間が三人いる、とよく言われますが、死んだおばあさん以外の人物、例えば女優やアナウンサーやスポーツ選手に似ていると言われたことは一度もありません。似ている、という話題になった時は必ず死んだおばあさんであり、人数も三人をはるかに上回っています。それにしてもなぜ死んでいるのか、生きているおばあさんでは駄目なのかと、時折不思議に思います。ただ、よく考えてみれば健在のおばあさんを持つ人口の比率は、決して大きくないはずです。何と言ってもおばあさんは老人で、そう長くは生きられないのですから。

さて、私のような経験を持つ人は世間にままいるのでしょうか。もしかしたらそう珍しい現象ではないのかもしれません。しかし、今ここで、私は自分のこの体験を記しておくべきだと思いました。私はただの平凡な主婦に過ぎません。何の取り柄もなければ、ドラマチックな体験とも無縁。胸を張って大きな声で主張できる主義、教訓、啓示等々何一つ持ち合わせてはいません。こんな私の人生で、もし書き記しておく価値を持っている出来事があるとすれば、つまりはそれが死んだおばあさんなのです。

孫たちは皆、私の前で自分のおばあさんについて語りました。バッティングセンターの受付で、動かないエレベーターの中で、バスの停留所で薬局のレジで。幸福な思いに満ちた記憶もあれば、ただ切なさだけが残る記憶もありました。とめどなくあふれるように喋る人もいれば、ためらいがちな人もいました。すべてを語り終わると、必ず最後にもう一度私をじっと見つめます。しかし彼らが見ているのは私ではありません。死んだおばあさんです。最後に一つだけ付け加えさせて下さい。結婚して十八年、とうとう私は自分の子供を持つことができませんでした。これだけ大勢の死んだおばあさんに巡り合ってきたというのに、私自身は、死んだおばあさんには永遠になれないのです。

（主婦・四十五歳・女性／夫の赴任先からの帰途）

第八夜

花束

その夜、僕は花束を持って歩いていた。腕に抱えると顔が半分隠れ、提げると道路をひきずるほどに立派な花束だった。ユリ、バラ、ポピー、ガーベラ、カスミソウ、その他名前も分からない花々があふれるように寄り添い合い、薄紫色の包装紙とセロファンに包まれ、サテンのリボンで優雅に結ばれていた。

正直、僕はそれを持て余していた。もしこれが恋人への誕生日プレゼントか、プロポーズのために自分で用意した花束だったとしたら当然話は違っていただろう。どんなに持ちにくくて往生したとしても、心は浮き立っていたに違いない。しかし残念ながら、当時の僕が置かれていた立場は、そんなロマンティックなものではなかった。

安物のスーツを着た二十歳そこそこの男が花束を持っている姿は、想像以上に目立っていた。どんなに注意深くうつむいて道の端を歩いていても、通り過ぎる人たちは皆こちらに視線を向けてきた。わざわざ振り向いてもの珍しそうな顔をする人もいれば、なぜか微笑みかけてくる人もいた。単なる花に過ぎないのに、それらが一つの束になって人の手に抱えられた途端、否応なく特別な光を発するかのようだった。

普段なら電車で帰るところ、酔っ払いで混雑する時間にこんな大きな荷物を持っていたら迷惑になるだろうと思い、歩くことにしたのだが、目立つという点ではどちらにしても大差はなかった。むしろ押し潰されても構わないから、電車に乗って素早く帰宅すればよかったと、後悔しはじめていた。

一歩踏み出すごとにセロファンがガサゴソと音を立て、リボンの端がゆらゆらし、夜の冷気と混ざり合った花の匂いが胸元から立ち上ってきた。改めてよく眺めてみれば、花々の間には小鳥の瞳ほどに小さな赤い木の実や、まだどんな形に開くのか分からない硬い蕾《つぼみ》や、ふわふわした花穂が見え隠れしていた。すべてがしっとりとして瑞々しかった。いつの間にかユリの花粉がワイシャツの襟に飛び散って、赤錆色の染みになっていた。

今までにも電車賃を節約するため、バイト先から駅二つ分の道のりを歩いて帰ることは幾度となくあったが、持ち慣れないものを抱えているというだけで余分に疲れてしまった。左手に持ち替えても両手で抱えても脇に挟んでみても、しっくりくるポジションがどうにも定まらず、収まりが悪かった。始終、場違いな気分が付きまとった。そのうえ、案外重いのだった。掌はいつしかじんじん痺《しび》れていた。花束とは写真に撮ったり式典の最後を締めくくったりするのには相応しいかもしれないが、持ち歩くには不適切な代物である、というのが僕の出した結論だった。

国道沿いの歩道は街灯のきらめきが連なるずっと向こうまで真っ直ぐに伸びていた。大型電器店やファミリーレストランやレンタルビデオ店のネオンが、昼過ぎまで降っていた雨の名残りの水溜りを照らしていた。空を見上げると、満月だった。

ビルとビルの隙間の前で立ち止まったり、居酒屋のゴミ箱が目に入ったりするたび、捨ててしまおうかと、ついささやいてしまいそうになった。そのささやきを振り払うのに、多少の努力を要した。こっそり路地の奥に置いてしまえば、あるいはポリバケツの蓋を開けて中に押し込めば、すっきりしそうな気がした。いっぺんに両手が軽くなり、早足で家まで帰り着けそうだった。

「いや、駄目だ、駄目だ」

僕はそう自分に言い聞かせて首を振り、ただ足元だけを見つめて歩いた。

そもそも僕の部屋には一個の花瓶さえなかった。「あら、どうしたの、そのお花。とっても綺麗」と言ってくれる家族も、恋人もいなかった。

僕に花束を贈ってくれたのは、アルバイト先のお客さんだった。僕の仕事は男性用スーツ専門店の販売員で、その日はバイトの契約が切れる最終日に当たっていた。掃除や商品の出し入れや、せいぜいズボンの裾上げくらいしかできない一年契約のアルバイトが辞めるからといって、店にとってはほとんど何の影響もなく、店長以下社員たちは誰一人、僕のことなど気にも留めていなかった。店の明かりを落としたあと、店長はごく事務的な口調で、「じゃあ、ご苦労さん」と言ったきりだった。

皆が更衣室へ引き上げ、一人残った僕が正面入口の自動扉の電源を切り、鍵を掛けようとしていた時、コンコンとガラスを叩く音がした。

「こんばんは」

扉の向こうに立っていたのは、唯一僕の担当と言っていい顔なじみのお客さん、葬儀典礼会館の営業課長さんだった。

「遅くにごめんね。ちょっと、いいかな」

課長さんはいつも僕に見せるのと同じ、少しはにかむような、申し訳なさそうな表情を浮かべていた。ただ普段と違うのは、閉店時間を過ぎての来店は初めてだったことと、もう一つ、花束を持っていることだった。看板のネオンも消え、すっかり薄暗がりに覆われた夜の中で、腕に抱かれた花束だけがまだ明るさに包まれていた。

「はい、もちろんです。どうぞ」

少し戸惑いながらも僕は電源を入れ直し、扉を開けた。

「どうぞ中へ。奥のソファーでお待ち下さい。すぐに明かりを点けますから」

「いや……」

課長さんは安売りのワイシャツが並ぶワゴンの前でいつまでも遠慮していた。

「商品、すぐにご用意いたします。レジも倉庫もまだ開いているんです」

「いや、今日は、買い物に来たわけじゃないんだ。ただ……」

続きの言葉は、花束のセロファンの音に紛れてよく聞こえなかった。

意外なことに課長さんと花束はよくマッチしていた。身長は僕より低くて痩せているにもかかわらず、持ち方は自然でどこにも余分な力は入っていなかった。体のラインと花束の形状がしっくり馴染んでいた。僕が持っているよりもずっと、花束は安心し寛《くつろ》いでいるように見えた。

僕が課長さんの担当になったのは全くの偶然からだった。社員の個人ノルマを邪魔しないため、アルバイトが一対一で接客するのは何となくはばかられる雰囲気があり、もちろん僕もその暗黙の了解を心得ていたのだが、課長さんが初めて来店した時、珍しくお客さんが立て込んでいて僕一人しか手が空いていなかった。以降、一か月に一度か二度の来店のたび、課長さんは僕を探して声を掛けてくれるようになった。トイレや駐車場の溝掃除をしている時でさえわざわざ呼び出されるほどであったので、社員たちもいつしか割り込めなくなっていた。

なぜ課長さんが僕を気に入ってくれたのか理由はよく分からない。慣れていない分僕は手際がいいとはとても言えなかったし、もっと愛想のいい社員はいくらでもいた。もしかしたら接客技術とは関係なく、ただ単純に最初のパターンを崩したくなかっただけなのかもしれない。いずれにしても、課長さんには僕、という組合せが自然に定着していたのだった。

「これを、君にと思ってね……」

スイッチの所へ急ごうとする僕を引き止め、課長さんは花束を差し出した。

「えっ、僕にですか？」

「今日が、最後だって聞いたから」

「はい、そうなんです。でもどうして……」

「別に深い意味はないんだよ。ただ、お世話になったお礼の気持だ」

「お礼を言わなくちゃいけないのは僕の方ですよ。いつもごひいきにしていただいて」

「いやいや、まあ、そう大げさに言ってもらうほどのことでもないんだが……」

もぞもぞと課長さんは言葉を飲み込んだ。

「本当にいいんでしょうか。こんなに立派なものを」

僕が花束を受け取ると課長さんは恥ずかしそうに視線を落とし、手持ち無沙汰になった両手で背広のボタンをはめたり外したりした。店長たちはもう帰ってしまったのか、更衣室のあたりはしんとしたままだった。駐車場のライトがほんのり忍び込んでくるだけの店内は薄暗く、何列にもずらっと吊るされたスーツは少しずつ闇に沈もうとしていた。マネキンたちの背中はよそよそしく、早くも眠りに落ちているかのように見えた。課長さんと僕は二人きりだった。

「次の仕事は決まってるの?」

うつむいたまま課長さんは言った。

「いいえ、実はまだ……」

「契約、更新してもらえばいいのに」

「そういうわけにもいかないんです」

「やっぱり洋服関係が希望？」

「いいえ。ここに勤めたのはほんの成り行きで」

「惜しいなあ。残念だよ」

「そんなふうにおっしゃっていただくほどのことは何も……」

「他にやりたいことがあるんだね」

「いいえ、ええ、まあ」

答えに詰まって僕はあいまいに微笑んだ。国道を走る車のヘッドライトが、さまざまな色を見せながらいくつもの筋になってガラスの向こうを流れていた。試着室のカーテンが並ぶ一角とイージーオーダーのコーナーは、最早暗闇の向こうに遠のき、レジ脇のラックに結び付けられた子供のプレゼント用の風船は、空調が切られたせいなのか、ピクリとも動かないまま宙に浮かんでいた。

「本当にありがとうございます。何とお礼を申し上げていいか……」

「お礼なんかいいんだ。新しい人生の無事を祈っているよ」

「はい」

「君のおかげでいつもいい買い物ができた。ありがとう。元気でな。さようなら」

「課長さんこそ、どうぞお元気で。さようなら」

僕は花束を胸に押し当てるようにして深々と辞儀をした。顔を上げた時、課長さんの背中はがらんとした駐車場の片隅に停められた、葬儀典礼会館の営業用ワゴン車に向かって遠ざかってゆくところだった。花束で別れを惜しんでもらえるほどの何を自分がやったのか分からないまま、もう一度僕は、ヘッドライトの流れの中に吸い込まれるワゴン車に向かって頭を下げた。


その頃僕は大学を中退し、アルバイト先を転々としながら一時しのぎの生活を送っていた。せっかく苦労して入った大学をほんの数か月でやめてしまったのは、商学部の授業がどうしようもなく性に合っていなかったり、友人関係でつまずいたりしたせいもあるのだが、一番の原因は父親だった。長すぎる反抗期の果てに、父親から授業料用にと送金されたお金を一日でパチンコに使い果たし、翌日その勢いのまま退学届を提出した。大学をやめることではなく、父を困らせることの方が大事な問題だった。

学生にとっては決して少なくない金額の授業料を、一日で使い切るのは想像以上に重労働だった。食べたり飲んだり何かを買ったりましてや誰かの役に立てたりするのではなく、どぶに捨てるのに最も近い方法としてパチンコを選んだにもかかわらず、なぜかその日は勝ちが続いた。ジャラジャラと憎々しげな音を立ててコインが増えてゆくのが、薄気味悪かった。「お前の考えていることなどすっかりお見通しなんだ」と言って、父親がほくそ笑んでいるような気分に陥った。

十二時間以上店に居座り続け、とうとう最後のコインを投入した時にはただ、耳鳴りがして吐き気がするばかりだった。

高校の歴史教師だった父との間がややこしくなった最初のいきさつは、僕が八つの時、母が肝臓癌で死んだ頃に遡《さかのぼ》る。それから三回忌も済まないうちに、新しい母親と名乗る人がやって来た。男一人での子育ては大変だろうと、周囲の人がお見合いをお膳立てしたらしい。その人も学校の先生で、四つの女の子を連れていた。

正直に言えば僕を最も悩ませたのは、母の身代わりを安易に探すような真似をした父でもなく、教師らしい厳密さを振りかざす継母でもなく、四つの妹だった。生まれて初めてきょうだいを持った僕は、この小さすぎる生き物をどう扱ったらいいのか見当がつかなかった。

妹はふわふわカールして量の少ない髪の毛を無理やり結んで極細の三つ編みにし、短すぎるジャンパースカートの下に、毛玉だらけになった白いタイツを穿いていた。アレルギー性鼻炎のためにいつも鼻を詰まらせ、冷たい麦茶を飲むとすぐに下痢をし、家族で旅行に出掛ける前の晩になると必ず熱を出した。なぜか順番というものに独自の流儀を持っており、お風呂に入る順番、おかずを並べる順番、幼稚園バスを待つ順番、等などについて少しでもルールが乱されると「嫌、嫌、嫌っ」と言って泣いた。そうして鼻をいっそう詰まらせた。

彼女を泣かせる要素は他にも数えきれないほどあった。ぶっきらぼうな僕の喋り方、僕が楽しみにしている野生動物のドキュメンタリー番組、僕が練習で振り回すバット、僕がコレクションしている恐竜のフィギュア……。まるで彼女にとってこの世界は、悲しみによってのみ満たされているかのようだった。

妹には一つ大事にしている人形があった。何の変哲もない、そう可愛らしくもないゴム製の人形だった。かなり年季が入っている様子で、弾力を失い、みすぼらしく痩せ細っていた。手足は垢で薄汚れ、毛糸の髪の毛は強張《こわば》ってもつれ、水色に塗られた目は色あせてまだら模様になっていた。どこへ行くにもそれを持ち歩き、ベッドの中では人形の手を握りながら眠りにつくのが常だった。

夏休みのある日、昼寝をしている妹に目をやった時、あのような考えがなぜ頭をよぎったのか、自分でも説明がつかない。ただ何気なくふと、という以外に言葉がない。しかし一方でその考えは、あらかじめ十分に準備され練り上げられてきた精密な輪郭と細部を備えていた。だからこそ僕はそれに逆らえなかったのだ。

妹を起こさないよう細心の注意を払ってその手から人形を抜き取ると、僕は家を走り出た。ヒクッと動いた妹の指の感触を振り払うように、西へ向かって全力で駆けた。人形の頭がぐらぐらと揺れているのが、握り締めた指先から伝わってきた。商店街を抜け、陸橋を渡り、公園を横切ると目の前に鉄道会社の社宅が見えてきた。それは僕が知っている一番高い建物だった。

非常階段を上り、最上階の五階の踊り場から下を覗くと、思ったよりも地面はずっと遠い所にあった。自転車置き場のあたりで二、三人子供が遊んでいる以外、他に人影はなく、ただ公園から蟬の鳴き声が聞こえてくるばかりだった。何をされるのか知りもしないで人形は、まだら模様の瞳でこちらを見つめていた。

踊り場の手すりから身を乗り出し、僕は人形を下へ投げ落とした。弾んだ息はなかなかおさまらず、掌は汗で濡れていた。人形は呆気なく、何の余韻も残さないまま落下していった。拾い上げた時、それは期待したほど傷ついていなかった。きつく握りすぎたせいでスカートが皺になっているのと、背中に土がついている程度で、手足が千切れているわけでも頭が破裂しているわけでもなかった。僕はスカートの皺を伸ばし、土を払い、髪を撫で付けてからそれを持ち帰り、眠っている妹の隣に滑り込ませた。

以来、妹が人形に話し掛けたり頰ずりをしたりぎゅっと抱き締めたりするたび、「それは死体なんだ」と僕は胸の中でつぶやいた。「脳みそも内臓も潰れて血まみれになった死体なんだぞ」と、声にならない声で妹に告げた。妹は何も気づかないまま、死体を可愛がり続けた。

思いがけない事件が起こったのは夏休みが終わり、新学期が始まって間もなくの頃だった。鉄道会社の社宅の、非常階段の五階踊り場、まさに僕が人形を投げ落としたあの場所で投身自殺があったのだ。

ニュースはすぐ町内中に伝わった。自殺したのは隣の市に住む主婦で、病気を苦にしたものだったらしい。赤ん坊が踊り場に取り残され泣いていた、そのおくるみに遺書が挟んであった、いや、実は不倫相手に突き落とされたのだ、などと好き勝手な噂が飛び交って、結局のところ真実はあいまいなままだった。

社宅には絶対近寄らないようにと大人たちから念を押されていたにもかかわらず、同級生らは単なる興奮状態のため、僕は誰にも言えない自分だけの理由のため、どうしても現場を一目見てみたいという欲求を抑えることができなかった。しかし放課後、僕たちが到着した頃にはもうすべてが綺麗に片付けられており、悲惨な痕跡はどこにもなく、主婦が倒れていたと思われるあたり、つまりは人形が落ちた地点の地面がただ湿っているだけだった。非常階段の上り口の日陰に、花束が一つ置かれていた。


そう、花束だ。

国道を歩きながら僕は久しぶりに社宅の非常階段を思い出していた。あの時の花束は課長さんからもらったのよりずっと貧相だった。花の種類など忘れてしまったが、いかにも売れ残りの数本を申し訳程度寄せ集めたといった感じで、ぐったりと横たわっていた。一瞬、それこそが落下した主婦ではないか、と錯覚するほどだった。

やがて自殺の背景にそう複雑な事情があるわけではない、ということが明らかになるにつれ、人々の興奮は急速に静まり、社宅への出入りを禁止する大人はもう一人もいなくなった。程なく地面は乾き、花束は枯れ、誰かによって捨てられた。

自分が人形を投げ落としたことと、主婦の自殺の間に何か関係はあるのだろうか。子供ながらに僕はこの問題について考え続けた。友人たちがすっかり自殺騒動を忘れ去ったあとでも、僕だけは社宅の前を素通りできなかった。学校の帰り、わざわざ遠回りをして非常階段の下に立ち、五階の踊り場を見上げ、それから例の地点に靴底を這わせてみることもしばしばだった。人形が落ちていった軌跡を目でなぞり、皺くちゃになったスカートが翻り、もつれた髪の毛が宙でうごめくさまをよみがえらせた。するといつの間にか人形が、会ったこともない名前も知らない主婦の姿に入れ替わっていた。投身自殺がどんなものか何も知らないはずなのに、なぜかその様子を克明に描き出せるのだった。

僕が人形を落下させたりしなければ、主婦は死なずに済んだのかもしれない。彼女が死んだのは僕のせいなのだ。

相変わらず妹は人形と一緒に遊んでいた。僕は課せられた秘密の重さに恐れを抱きながら、同時に自分だけの基地を獲得した気分でもあった。そこは父でさえ足を踏み入れることのできない、強固な要塞に守られた基地だった。

夜が更けるにつれ、冷え込んできた。すれ違う人影は少しずつ減っていったが、車の往来は相変わらずだった。ボウリング場があり、シャッターの下りた眼科医院と薬局があり、小さな橋があった。どこからか酔っ払いの奇声が聞こえ、そのずっと遠い向こうで電車の走り過ぎる音が響いていた。

葬儀典礼会館の営業課長さんの買い物は、他のお客さんとは少し違っていた。課長さんが購入するのは、自分のためではなく、死者のためのスーツだった。最初それを説明された時は意味がよく分からず、思わず「えっ?」と聞き返してしまった。

「この地方独自の風習でね」

落ち着いた声で課長さんは言った。

「男の人が亡くなると、棺の中に、スーツとワイシャツとネクタイを一揃い入れるんだ。一度も手を通していない、新品をね」

「着慣れた洋服ではないんですか?」

「生前お好きだった、その方らしい洋服はご遺体にお着せする。それとは別に、あちらにいらしてからの着替えをご用意する、というわけだ」

「女性の方の場合は？」

「よそ行き用のきちんとしたワンピースなどをご用意する。女性の担当者はまた別にいて、僕は男性用スーツ専門だ」

「なるほど」

「どんなお宅にも新品のスーツはそうそうあるもんじゃない。だからあらかじめ、私どもで準備しておく必要がある」

課長さんの喋り方はとても静かだった。死者について語るに相応しい静けさを持っていた。

「だから」

と、課長さんは続けた。

「最新流行でなくてもいいんだ。むしろ製造中止になった旧い型で、店頭に出せないようなスーツがあればありがたい」

「はい、分かりました。でしたら倉庫にご案内いたします。そういった類の安い商品がたくさんございます」

そのあと僕は、どうせ燃やしてしまうスーツなんですからね、と言いそうになって慌てて言葉を飲み込んだ。それを見抜いたかのように課長さんは、

「流行などとは無縁の世界へ旅立たれる方々のスーツだから」

と言った。

毎回、僕たちは広い倉庫を一緒にくまなく歩いた。課長さんは長い時間を掛けて商品を選んだ。数が五十着近くにのぼるだけでなく、あらゆる体形の人をカバーできるサイズを一通り押さえなければならなかった。全体としてダークな色合いが多くなるとしても、適度な割合で明るい色目を混ぜる必要もあった。特にネクタイは油断をするとつい無難な柄ばかりにかたよってしまうので、注意深い選択がなされた。時に課長さんは、えっ、こんなに派手な柄を？　と口走ってしまいそうな数本を手に取ったが、すぐに僕は、そうだ、若い人が亡くなることだってあるのだ、と思い直した。

課長さんはこの買い物に熟練している様子だった。そばで見ていてすぐに分かった。例えば似たようなスーツの値段が、生地のメーカーの違いでかなり違っているような場合、

「なぜだろう」

と理由を尋ねられたり、あるいはやや個性的なワイシャツに合わせるネクタイで迷った時、

「君ならどっちを選ぶ？」

と聞かれたりしたが、最終判断はすべて課長さんが下した。しかもいつでもそれは的確な判断だった。僕はただ課長さんの後をついて歩き、お買い上げの商品を受け取るだけでよかった。

正直なところ、最初のうちは意見を求められるたびに戸惑ってしまった。課長さん自身が着るのならばいくらでもアドバイスできたが、死んだ人があの世で、と考えると上手くイメージが膨らんでこなかった。頭に浮かぶのは、スーツが折り畳まれ、棺の遺体の足元に置かれ、花に埋もれている様子だけだった。

ある時から僕は余計なことは考えないと決めた。このスーツを着るのが生きている人であろうが死んでいる人であろうが、それは大した区別ではなく、大事な問題はとにかく課長さんの邪魔をしないことである、と自分に言い聞かせた。課長さんは一着一着スーツを手に取り、生地の手触りや裏地の縫い付け方やボタンの材質を確かめた。内側にワイシャツを置いて襟のバランスを見たり、ズボンを広げてラインをなぞったりした。ネクタイは一通り選び終わると五十本全部をテーブルに並べ、遠くから全体を見渡して漏れた色はないかチェックした。

「うん、じゃあこれを頼むよ」

買うべき商品が決まると、台車に載せた段ボールへ入れていった。課長さんから手渡されるスーツを、僕は捧げ持つようにして受け取り、慎重に段ボールに重ねた。普段店で扱うよりも更に念入りに注意を払った。ボタンを留めるにも、埃を払うにも、カバーのファスナーを上げるにも、課長さんの声の静けさに相応しい丁寧さを心掛けた。倉庫を一回りしてもまだ数が揃わないこともままあり、そのたびに「ああ、こんなにも大勢の人が死ぬのか」という思いにとらわれた。

倉庫は埃っぽく、床が冷たく、明かり取りの窓から差し込む光は弱々しかった。店内のざわめきも国道の騒音も届かず、二人の靴音と、ゴロゴロいう台車の音が響くばかりだった。

課長さんにはこのスーツを着るのがどんな人なのか、ちゃんと分かっていた。どんな子供時代を送り、何の仕事に打ち込み、どれくらい家族を愛し、どうやって死を受け入れたのか、すべてを見通していた。課長さんの胸には、このスーツを着た人の姿がありありと映し出されていた。

「これでいいだろう。助かったよ。ありがとう」

滞りなく全部が揃うと、課長さんは優しい笑みを向けてくれた。

僕は駐車場のワゴン車まで、台車を押して段ボールを運んだ。それはご遺体そのものであるかのように重かった。

次の交差点を南へ折れ、バス通りに入ってしばらくすればもうすぐそこがアパート、というところまで来て不意に僕は、もう一つの花束を発見した。それは交差点の手前、ガードレールの下に置かれたアルミのバケツに差し込まれていた。バケツは薄汚れ、中の水は腐って濁り、花は元々花であったのが分からなくなるほどに枯れ果てていた。バケツの脇にはジュースやコーヒーやビールの缶が置いてあった。どれも埃を被り、排気ガスで黒ずみ、へこんだり錆が浮いたりしているのもあった。囲いがあるわけでもないのに、長い歩道のそこだけぽっかりと切り取られ、夜の闇の中に取り残されているようだった。

何度もこの交差点を通っていながら、こんなものが置かれていると一度も気づかなかった。花の様子を見ればかなりの日数が経っているのは明らかだった。僕は立ち止まり、しばらく黙って枯れた花を見つめていた。

やがて僕は決心し、すぐそばのコンビニへ行って水を買うと、バケツの中身を捨て、ぬるぬるした内側を洗い、きれいな水を入れたあと、課長さんにもらった花束のリボンを解いた。思ったよりもそれは丁重に包まれていた。リボンの下には更にビニール紐と輪ゴムが巻きつけられ、茎の先端はアルミホイルと濡れた脱脂綿で覆われていた。セロファン、包装紙、ビニール紐、アルミホイル、脱脂綿、輪ゴム、と順番に僕は取り外していった。少しずつ花の匂いが濃くなってゆくのを感じた。ユリはめしべを震わせ、バラは花弁に月の光を受けていた。バケツの中に活けるとそれらは、ようやく安堵できる場所に落ち着いたとでもいうように、のびのびと枝葉を広げた。

「捨てなくてよかった」

と僕はつぶやいた。やはりこれは路地に置き去りにしたりゴミ箱に押し込めたりすべきものではなかったのだ、と気づいた。

「ありがとうございました」

花に向かって両手を合わせ、僕はもう一度課長さんにお礼を言った。それから、この交差点で亡くなった誰かと、課長さんの選んだスーツと共に旅立った人々と、社宅の踊り場から身を投げた主婦と、妹の人形のために祈った。

第八夜　花束

（ツアーガイド・二十八歳・男性／勤務中）

第九夜　ハキリアリ

特殊部隊通信班の一員として、日本人人質事件の任務に就いた当初、まさか自分までもが彼らと同じように、自分についての何かを語る気持になろうとは思ってもいなかった。私の役割はもちろん現場の盗聴器から送られてくる音声に耳をそばだて、犯人グループの動きを正確に把握することであり、私はその任務に全精力を傾けた。特殊部隊に配属されてまだ一年足らずで、あのように重大な事件の最前線に立つ機会を与えられ、使命感に燃えていた。どんなわずかな異変でも聞き逃すまいと、来る日も来る日もただヘッドフォンの奥に耳を澄ませ続けた。

人質たちの朗読会がスタートしたのは、事件発生から一か月ほどが経ち、元猟師小屋での監禁生活にそれなりの規則正しさが見えはじめた頃だった。言葉が分からないせいもあり、最初は日本語の本を朗読しているのだろうと思い込んでいた。それまであまり無駄な会話を交わさず、努めて静かにしていた人質たちの間から、不意に大量の日本語があふれ出てきて、少し面食らった。犯人グループの動きがその日本語に紛れてしまわないか、心配でもあった。

そんなある時、通訳担当の政府職員が言った。

「彼らは本を朗読しているのではない。自分について、語っているのだ」

自己紹介のようなものですか、と私が質問すると、言下に否定した。

「いや、もっと深遠な物語だ」

正直、通訳の言っている意味をすぐさま理解できたわけではなかった。その時は、退屈と恐怖を紛らわせるゲームのようなものを想像したに過ぎなかった。

しかし彼らの声に少しずつ馴染んでくるにつれ、これが単なるゲームでは済まされないものであると感じられるようになった。リーダー格らしい一人（ゆったりとしたアルトの声の持ち主である女性だ）が合図を送ると、その夜朗読の順番に当たっている誰かの、姿勢を整えるごそごそいう気配が聞こえてくる。やがて紙をめくる音、咳払い、そして拍手。私はあんなにも慎み深い拍手を、それ以前も以降も耳にしたことがない。華やかさや興奮とは無縁の、遠慮がちで、今にも消え入りそうな、しかしこれから語られる物語への敬服の念に満ちあふれた拍手だった。

その拍手がもたらす余韻は日本語のリズムとよく調和していた。自分たちの言葉とは全く異なる種類のリズムだ。音楽ほどのうねりはなく、小鳥のさえずりよりも抑制が利き、唇も舌も使わずただ喉の奥からそっと息を吐き出しているだけのように聞こえる。彼らの語りは私に小川のせせらぎを思い出させた。それは岩々の間をすり抜け、いくつもの障害物をやり過ごし、光のきらめきを受けながら、遠いどこかの一点に向かって辛抱強く流れてゆく。

やがて私は彼らの語り口調から、一人一人の姿かたちを想像するようになっていた。張り詰めた鼓膜に、朗読は心地よく染み込んできた。几帳面な声、途切れがちな声、瑞々しい声、のびのびと素直な声、ずっと前に死んだ祖母に似た声……。さまざまな声があった。夜通しの任務が終わった明け方、宿舎へ戻る道すがら、通訳からその日の朗読について要約を聞かせてもらうのは、私にとってささやかな楽しみとなった。予想した人物像と物語の間にはたいてい食い違いが生じた。引っ込み思案な女性だとイメージした人が、思いがけず大胆な力を発揮して人助けをしたり、堂々とした立派な男性が、古びた縫いぐるみをいつまでも大事に持っていたりした。そうした予想外の展開のおかげで、私は彼らをより身近に感じることができた。

膠着状態が続いているようでも、水面下で事態は刻々と移り変わっていた。解放が一日遅れるごとに、我々の緊張はとめどもなく高まってゆくばかりだった。けれど朗読が行われている間だけは、危険なことは起こらないだろうという予感が、なぜか私にはあった。そこには何の根拠もなく、そうした見通しを立てるのは部隊の一員として不適格であったかもしれないが、いくら追い払おうとしても、その予感は鼓膜の奥にしっかりと根を張っていた。

人質だけでなく、見張り役の犯人たちもまた朗読にじっと耳を傾けているのではないか、と私は感づいていた。あの拍手の中には、もしかすると幾人かの犯人が含まれていたかもしれない。たとえ物音は立てなくても、部屋の四隅に陣取る彼らの息遣いは伝わってくる。彼らが沈黙を保っているのは、意味の分からない朗読を無視しているからではない。意味を超えた言葉の響きに思わず聞き入っているからだ、ということが、私には分かったのだ。

このまま朗読会がいつまでも続いたらいいのに。そうすれば人質たちはずっと安全でいられるのに。時に私は本来の任務とは矛盾する願いにとらわれ、自分でも戸惑うことがあった。慌てて私は邪念を振り払い、更にきつくヘッドフォンを耳に押し当てた。


八人の人質を救い出せなかったという結末からすれば、私のような立場の人間が今更何を口にしても、ただ誤解を招くだけだろうか。しかし私は決して、言い訳をしようとしているのではない。彼らの朗読は、閉ざされた廃屋での、その場限りの単なる時間潰しなどではない。彼らの想像を超えた遠いどこかにいる、言葉さえ通じない誰かのもとに声を運ぶ、祈りにも似た行為であった。その祈りを確かに受け取った証として、私は私の物語を語ろうと思う。

生まれて初めて私が外国人を目にしたのは、七つになったばかりの年の十二月だった。その外国人は、日本人だった。

私の育った村は、人質事件の現場からそう遠くない、山岳地帯を南に下ったあたりに広がる森林自然保護区のほとりにあった。家族は祖母と、近所のトウモロコシ農場で働く母、それに弟と妹が一人ずつの五人で、町の精錬所へ出稼ぎに行ったきり二年以上も音沙汰がない父は、数から除外されていた。

私も弟も父の記憶はなく、妹に至っては生まれてから一度も顔を合わせたことさえないありさまだった。父に会いたいと思ったら、母のペンダントの中に仕舞われた小さな写真を覗き見るしかなかった。それは表面にハチドリの模様が施してある、錫《すず》製の楕円形のペンダントで、そのあたりの土産物屋にいくらでも売っている安物だった。母は折りに触れ、例えば夜眠る前や子供の誰かが熱を出した時や農場主から特別なボーナスをもらったような時、それを握り締め、祖母に気づかれないよう注意しながらそっと口づけをした。祖母がいない時であれば、私のために蓋を開けてくれた。もっとも写真は小さすぎてよく見えなかった。そのうえ変色し、丁度顔の真ん中に皺が寄っているせいで、父はいつでも、ひょうきんな作り顔をしたのに誰にも笑ってもらえず、まごついているような表情を浮かべていた。

祖母は勝気で賢い人だった。父、つまり娘の夫が行方知れずになって送金が途絶えたあと、黙々と内職に励んだのは、もちろん孫たちの暮らしを成り立たせるためであったのだが、村の人たちに同情されたくないという負けん気からでもあった。父の帰宅をずるずると待ち望んでいた母とは違い、祖母は当てのない希望などあっさりと断ち切ってしまった。

祖母の姿で一番に思い浮かぶのは、窓辺のテーブルで一心に何かを読んでいる背中だ。正式な教育は受けていなかったにもかかわらず、読み書きが好きで、ごくたまに町からやって来る行商のおじさんに古い新聞や雑誌を分けてもらうのを何よりの楽しみにしていた。脂の染みでべとべとになっていようと、表紙が破れていようと、そこに文字さえ印刷されていれば、祖母にとっては宝物だった。背中を丸め、隅から隅まで、広告の最後の一文字に至るまで、長い時間読みふけっていた。これらの印刷物たちはかまどにくべられることなく、祖母のベッドの下に大事に積み重ねられていった。いつか孫たちの役に立つから、というのが理由だった。もっとも私たち兄弟は、そんな薄汚れた紙に何の意味があるのかよく分からず、むしろ少しずつ変色し、押し潰され、小さな虫が湧く紙の地層に恐怖さえ感じていた。真夜中、トイレに行きたくて目が覚めた時、もしかしたら父さんはおばあちゃんに殺され、あの地層の中に埋められているのではないか、などという思いにとらわれたりした。

その人たち三人が不意にやって来たのは、乾いた青空が気持よく広がる、土曜日の昼前だった。普段どおり母は農場へ出掛け、祖母は妹を背負って井戸端で鍋を磨き、私と弟は地面に絵を描いて遊んでいた。

「お忙しいところ、申し訳ございません。ちょっと、よろしいでしょうか」

声のする方を見上げた瞬間、私はなぜかうろたえてしまい、とっさに棒切れを放り投げて弟の手を握っていた。彼らの喋り方が、その丁寧さとは裏腹にどこかたどたどしいうえ、三人そろって外見がとても変わっていたからだった。几帳面に梳《す》かれた真っ直ぐな髪、すべすべした肌、小柄な体つき、立派な腕時計、薄い眉、細い目とメガネ……。何もかもが奇妙に見えた。

「ご主人様はいらっしゃいますか?」

カメラを肩に提げた、一番年上らしい男が尋ねた。

「主人は私だが」

おもむろに立ち上がった祖母は、警戒しながらも堂々とした態度を崩さずに答えた。年下の一人がおんぶされた妹に向かって微笑みかけると、途端に妹は泣きだした。

「それは失礼いたしました。私たち、森林自然保護区で、昆虫のフィールドワークに携わっている者ですが、実は折り入ってお願いしたいことがありまして……」

祖母は腰を伸ばし、背中の妹を揺すりながら、じっと相手の目を見つめて次の言葉を待った。彼らの瞳は、私たちとはまた種類の違う、底なしに深い黒色をしていた。

「もしご迷惑でなかったら、一時間ほど、ラジオを聴かせていただけないでしょうか」

「ラジオ?」

「はい。ラジオです」

三人はそろって頭を下げた。祖母は濡れた手をスカートで拭い、弟は私の手をきつく握り直した。妹はいつまでも泣き止まなかった。

彼らは昆虫を専門にする研究者で、もう半月以上、森林自然保護区のキャンプに泊り込んで観察を続けているらしかった。その時、私は日本がどこにあるどんな国なのか何も知らなかった。知らないというだけで、一生かかってもたどり着けない、果てしもなく遠い場所にある国のような気がした。

彼らは三人とも礼儀正しく、落ち着きがあり、よこしまな様子は微塵も見られなかった。祖母と交渉した年長者は先生と呼ばれ、あとの二人は助手のようだった。一人はポケットのたくさんついた苔色のベストを着て、妹を泣かせた方は耳たぶにほくろがあった。

結局、祖母が彼らの要望を聞き入れ、食卓の真ん中にラジオを置き、皆でそれを取り囲むようにして座る段になると、最初の戸惑いはどこかへ行ってしまい、むしろ予期せぬ出来事が起こりそうなわくわくした期待で、私の胸は一杯になっていた。

「どうも、申し訳ございません」

「恐れ入ります」

「本当にありがとうございます」

彼らは口々に何度も感謝の言葉を口にした。大人の男が三人入ってきたせいで、部屋の中は急に窮屈になった。小さな食卓は一杯になり、私と弟は一つの椅子に体を寄せ合って腰掛けた。

「今日、どうしても聴きたい番組があったのです」

「なのに、肝心な時にキャンプのラジオが壊れてしまって」

「お宅へたどり着く前、実は二、三軒に断られて、がっかりしていたところなんです」

彼らが聴きたがっていたのは、立派な賞を取った日本人物理学者の、受賞記念講演だった。しかし当時の私は、わざわざ他人の家を訪ねてまで聴こうとするくらいだから、きっとたいそう面白い番組に違いないと思ったに過ぎず、それがノーベル賞だと分かったのも、ずいぶん後になってからのことだった。

間違いなくラジオは我家で最も高価な家財道具であり、結婚する時父が持ってきた、ほとんど唯一のきちんとした品物であった。それを一番有効に活用していたのは母だと言える。農場へ出掛ける用意で慌しい朝、休日の昼下がり、あるいは眠りに落ちる前、母は必ずラジオのスイッチを入れた。天気を確かめて農作業の手順を立て、ロマンティックな音楽にうっとりとし、父が出稼ぎに行った町のニュースに耳を傾けた。父さんが今でもそこにいるとは限らないじゃないか、と私は思ったけれど、もちろん口には出さなかった。

「こんなおんぼろで、役に立つかどうか……」

ラジオの操作に慣れていない祖母は、少し不安そうだった。

「もちろん大助かりです。よろしければ私がチャンネルを合わせましょう」

助手の一人、苔色のベストが自分の持ち物を扱うような器用さでつまみを回し、アンテナを調節すると、やがてひどい雑音の向こうから、お目当ての番組が流れてきた。

「よし、いいぞ」

「おお、これだ、これだ」

「講演が始まるまで、あと二十分くらいはあるな」

彼らは一様にほっとした表情を浮かべた。いつの間にか妹は泣き止み、それでも祖母の背中にしがみついたままそこから離れようとしなかった。祖母はコーヒーを淹れ、三人に振舞った。

「ねえ、森で何をしているの？」

彼らが一口コーヒーをすするのを見届けてから、私は質問した。

「アリの観察だよ」

先生が答えた。優しい口調だったので私は安堵した。ラジオが聴けるとはっきりした途端、態度が豹変したらどうしよう、もしかしたら日本人は子供が嫌いかもしれないぞ、と警戒していたからだ。

「そう、ハキリアリだ。知っているかい？」

ほくろの助手が言った。私はうなずいた。

「そのへんのジャングルにいくらでもいますよ」

そんなありふれた虫を観察して何になるんですか、とでも言いたげに、祖母はコーヒースプーンで窓の向こうを指した。

「はい、おっしゃるとおり沢山います。しかし沢山いるからといって、ないがしろにしていいというわけではありません」

「とても、賢明なアリです」

「そのうえ愛らしい」

三人は口々にハキリアリについて語りだした。彼らの顎がどんなに器用に葉を切り取るか、その一片一片をどれほどの根気強さで巣まで運ぶか、巣で葉っぱを更に細かくして培地を作り、キノコを栽培し、それを食糧にするという方法がいかに理知的であるか、集団の中で与えられた役割に徹する彼らの忠実さが、いかばかりのものであるか。三人の話は尽きなかった。先生も助手も関係なく、ハキリアリの自慢なら是非とも自分が、といった様子だった。私たちはただ黙って聞くしかなかった。祖母は時折、合いの手を入れつつ、三つのカップにコーヒーのお代わりを注いだ。

「葉っぱの切れ端を持って行進するハキリアリの群れを、君も見たことがあるだろう？」

先生が私の方に真っ直ぐ顔を向けて言った。

「うん」

メガネの奥にある黒い瞳を見つめ、私は大きくうなずいた。

「頭と顎を使って、自分の体より大きい葉っぱを高く掲げる。まるで天に供える捧げ物を運ぶ勇者のようじゃないか。標識も地図もないのに、何千何万というアリたちが、迷うことなく巣を目指して歩いてゆく。ジャングルの地面に、一筋連なる彼らの行列を目にするたび、いつもはっと息を飲むよ。赤茶けた土の上を小さな緑がチラチラ、チラチラと流れてゆくんだ。一つ一つの切れ端は皆形が違うのに、見事に統制が取れて、切れ目のない一続きになっている。ジャングルを静かに流れる、緑の小川だ」

私にとってハキリアリはただのハキリアリでしかなかった。しかし先生の言葉を聞いたあとでは、それは勇者であり賢者であった。

「もっと驚くのはね、行進の途中で雨が降ってきた時だ。彼らは濡れた葉っぱを惜しげもなく捨てる」

「どうして？」

思わず私は尋ねた。

「濡れた葉っぱは、腐って巣を台無しにしてしまうからだよ。手間ひまをかけて、苦労して運んできて、もうすぐそこが巣、というところまで来ているのに、彼らはちっとも文句を言わないんだ。ふて腐れるのもいなければ、ズルをするのもいない。スコールが通り過ぎるのを待って、また最初からやり直す。ただひたすら、黙々とね」

祖母は「ほお」と声を漏らし、弟は視線がぶつからないよう注意しながら三人の顔を順番に見やり、妹は鼻水を祖母の背中にこすりつけた。ラジオではお昼のニュースが終わろうとしていた。開け放した窓の向こう、空と川の隙間に細長く広がる森が見えた。

先生の端正な言葉遣いと、たどたどしいイントネーションは、その喋り方自体がハキリアリの行列を象徴しているようだった。健気で一生懸命で辛抱強かった。私はハキリアリの姿を思い浮かべた。琥珀色をした、何の変哲もないただのアリが隠し持っている力について、思いを巡らせた。森の奥でひっそりと発揮されているに過ぎないその力を、見守っている人間のことを考えた。

「ハキリアリはラッキーだね」

と、私は言った。

「おじさんたちに観察してもらえて。もしおじさんたちがいなかったら、誰もハキリアリの賢さを褒めてあげられないもの」

三人は笑った。先生は私と弟の頭を撫でた。弟はびくっとして目をつぶり、首をすくめた。そんな私たちの姿を、涙のたまった目で、指をしゃぶりながら妹が見ていた。

「もうそろそろじゃないでしょうか」

ほくろの助手が言った。苔色の助手がボリュームを上げ、もう一度アンテナを調整し直した。

「あっ、聞こえがよくなった」

「さあ、いよいよだ」

私たちは皆一緒に身を乗り出し、ラジオに耳を寄せた。食卓のラジオは普段よりなぜか小さく見えた。急に大勢の人間から注目を浴び、恥ずかしがっているかのようだった。

はっきり言って、ラジオの番組は少しも面白くなかった。元々電波の状態が悪く、雑音がひどいうえに、ぼそぼそと喋る物理学者の声に通訳がかぶさって、なおさらわけが分からなくなっていた。

それでも私は、つまらない顔をしていると先生たちに悪い気がして、懸命に退屈と闘った。受賞者は世界を形作っている物質の最小の姿を発見した人で、日本が世界に誇れる学者なのだ、と先生は説明してくれたが、その最小の姿は、ハキリアリほどには鮮明に浮かんでこなかった。ただ、内容は理解できなくても、ラジオに聴き入る三人の表情から、それがどれほど意義深い講演であるかは伝わってきた。

受賞者の声は絶えず鮮明になったりくぐもったり、近づいたり遠ざかったりした。その波に合わせ、私たちも各々《おのおの》、耳の角度を微妙に変えていった。声が消え入りそうになると、皆の体は知らず知らず寄り添い合い、先生の息が額に掛かりそうなほどだった。

母親の献身と戦争の苦しみと恩師の愛情について、物理学者は語った。生まれて初めて宇宙を感じた体験と、ひらめきが輝く瞬間の美しさと、この世界を作った何ものかの偉大さを語った。どこか遠い場所からようやくの思いで届いてきた彼の声を邪魔しないよう、私たちはお喋りをしなかった。子供たち三人はそれぞれ、今ここでどう振舞うべきなのかちゃんとわきまえていた。お利口にも妹はすやすやと眠っていた。驚くべきことに、物理とは無縁のはずの祖母は、先生たちと変わらない真剣さを見せた。その表情は破れた新聞を読んでいる時とそっくり同じだった。

外では鳥がさえずり、教会の鐘の音が微かに響いていた。井戸端に置かれたままの鍋の底で、太陽の光がきらめいていた。カップのコーヒーはいつしか冷めていたが、誰もそれに気づいていなかった。先生は両腕を組み、苔色の助手はアンテナの先のあたりを凝視し、ほくろの助手は半ば目を閉じていた。ついさっき出会ったばかりなのに、ただ一つのラジオに耳を澄ませているというだけで、私たちは随分前からの知り合いのような気がした。物理学者は私たちにとっての兄弟、父、息子であり、遠くに暮らす滅多に会えないその人の無事を、皆で喜び合っているかのようでもあった。

どれ程の時間、私たちはああしていたのだろう。三十分くらいだったか、もっと長かったのか。ふと、雑音が一段と大きくなり、物理学者の声が聞こえなくなったが、次の瞬間、それは雑音ではなく拍手なのだと気づいた。誰からともなく立ち上がり、私たちも負けずに拍手をした。なぜ自分がこんなことをしているのか全く分かっていなかったとは思うが、弟もその小さな両手を精一杯打ちつけていた。

いつまでも終わらない拍手だった。世界の成り立ちを発見した物理学者に、ハキリアリを見守る三人の日本人に、そしてハキリアリたちに、私は拍手を送り続けた。


結局、そのあと彼らと一緒にお昼を食べた。とんでもありません、ラジオを聴かせていただいただけで十分です、と言って彼らは遠慮したのだが、祖母が強引に引き止めたのだ。もっともメニューはジャガイモと豆の質素な煮込みだった。それでも祖母は取って置きの腸詰を一本ずつ、彼らの皿にだけ添えた。彼らはよく食べ、何度も料理の腕を褒め、お代わりまでした。食べながらまた、ハキリアリの話を沢山した。

別れ際、何かお礼がしたいのだがという申し出に、祖母が求めたのは日本語の本だった。内心私はがっかりした。お菓子やおもちゃの方がずっとうれしいのに、なぜよりにもよって本、しかも読めもしない日本語の本なのか、理解に苦しんだ。

「ならば、これを差し上げましょう。常に本は持ち歩いているんです。いつ現れるか分からない昆虫相手の仕事ですからね。待ち時間が長いのです。こんなに古びて、全く失礼ではあるのですが……」

先生はリュックの中から小さな本を一冊取り出した。表紙は反り返り、角は磨り減り、タイトルは半分消えかけていた。

「十七世紀に書かれた、日本の詩人の紀行文です」

「そんな大事なご本を、よろしいんですか？」

そう言いながら祖母は早くもそれを手に取り、表紙を撫でていた。新品の本を知らない祖母にとって、それがどれほど古びていようと問題ではなかった。

「ええ、いいんです。ここに出てくる詩を、私は全部暗記してしまいました」

「まあ、何と」

「詩人も喜ぶでしょう。こんな遠い国の本棚にまで旅ができて」

三人は手を振り、後ろを振り返り、振り返りしながら自然保護区へと続く道を遠ざかっていった。後ろ姿が見えなくなったあとも私は、ありふれた一日に偶然現れた、特別な数時間に圧倒されるような思いで、そこに立ち尽くしていた。

もちろんプレゼントされた日本語の本は、祖母のベッドの下に納められた。

「これはね、外国の、しかも偉い学者の先生からいただいたものなんだよ」

と言って祖母は近所の人たちに自慢した。偉い先生からもらった本を読めば自分まで偉くなれるとでもいうように、祖母は普段の読書以上に時間をかけ、一枚一枚丁寧にページをめくっていった。「上から下へ縦に読むんだねえ」「ページのめくる方向が反対だよ」などと独り言をつぶやき、面白い形の文字があると、「ちょっとこれをご覧」と言ってわざわざ私に見せたりした。一字として意味の分からない本を読むとはどういうことなのか、不思議に思いながらも私は祖母の指し示す文字を真剣に見つめ、一言二言、その形について感想を述べた。すると祖母は満足げに微笑んだ。

肺炎で祖母が死んだのは、それから丁度五年がたった、クリスマスの頃だった。誰にも迷惑を掛けない潔い死に方だった。既に私と弟は力仕事ができる少年となり、妹は祖母の背中からとうに卒業していた。

祖母の死と共にベッドの下の堆積物はすべて処分された。私はもう自分のことを子供だとは思っていなかったけれど、それでも印刷物の束をかき出す間、万が一父が……という妄想から逃れきれなかった。もちろん父の死体は出てこなかった。

代わりに見つけたのが、日本人からもらった本だった。私はそれを祖母の形見として手元に置いた。人質事件の任務に就いた時も、荷物の中に忍ばせてあった。それは今でも、私が持っている唯一の外国語の本である。

ヘッドフォンから人質たちの朗読が聞こえてきた時、私が思い浮かべた小川とは、ハキリアリの行列が作る緑の小川のことだった。日本語の響きを耳にした瞬間、ずっと忘れていた三人の訪問者の姿が鮮やかによみがえり、同時にハキリアリたちが行進をはじめた。

各々、自らの体には明らかに余るものを掲げながら、苦心する素振りは微塵も見せず、むしろ、いえ平気です、どうぞご心配なく、とでもいうように進んでゆく。余所見《よそみ》をしたり、自慢げにしたり、誰かを出し抜いたりしようとするものはいない。これが当然の役目であると、皆がよく知っている。木々に閉ざされた森の奥を、緑の小川は物音も立てず、ひと時も休まず流れてゆく。自分が背負うべき供物を、定められた一点へと運ぶ。

そのようにして人質は、自分たちの物語を朗読した。

（政府軍兵士・二十二歳・男性／Ｙ・Ｈ氏の通訳により放送）

装幀
白石良一、生島もと子（白石デザイン・オフィス）

カバー作品
土屋仁応「子鹿」2010年
40.3×34×16cm　檜・ラブラドライト・彩色
写真　竹之内祐幸

「中央公論」2008年９月号～2010年９月号に年４回掲載

著者紹介

小川洋子

一九六二年、岡山市に生まれる。早稲田大学第一文学部卒。八八年、「揚羽蝶が壊れる時」により第七回海燕新人文学賞を、九一年、「妊娠カレンダー」により第一〇四回芥川賞を受賞。二〇〇四年、『博士の愛した数式』で第五五回読売文学賞と第一回本屋大賞を、〇六年、『ミーナの行進』で第四二回谷崎潤一郎賞を受賞。その他の小説作品に『シュガータイム』『貴婦人Aの蘇生』『ブラフマンの埋葬』『海』『猫を抱いて象と泳ぐ』『原稿零枚日記』など、エッセイ集に『カラーひよことコーヒー豆』『妄想気分』などがある。

人質《ひとじち》の朗読会《ろうどくかい》

二〇一一年二月二五日　初版発行
二〇一一年一〇月一〇日　五版発行

著　者　小川《おがわ》洋子《ようこ》
発行者　小林敬和
発行所　中央公論新社
〒一〇四‐八三二〇　東京都中央区京橋二‐八‐七
電話　販売　〇三‐三五六三‐一四三一
　　　編集　〇三‐三五六三‐三六九二
URL http://www.chuko.co.jp/

DTP　平面惑星
印　刷　大日本印刷
製　本　大日本印刷

Published by CHUOKORON-SHINSHA, INC.
Printed in Japan　ISBN978-4-12-004195-2 C0093

ミーナの行進

小川洋子

ミーナ、あなたとの思い出は、損なわれることがない——ミュンヘンオリンピックの年に芦屋の洋館で育まれた、二人の少女と、家族の物語。

これでよろしくて？

川上弘美

38歳の主婦菜月は奇天烈な会合に誘われて……。人との関わりに小さな戸惑いを覚える貴女に贈る、コミカルで奥深いガールズトーク小説。

ことば汁

小池昌代

詩人に仕える女、孤独なカーテン職人……。魅入られた者たちが、ケモノになる瞬間。川端康成文学賞受賞の名手が誘う、幻想の物語六篇。